銀河叢書

井伏さんの将棋

小沼丹

幻戯書房

目次

装幀　緒方修一

井伏さんの将棋

本書は、未知谷刊『小沼丹全集』全五冊に未収録の著者の作品の内、随筆を中心に収録したものです。

各章は基本的に、Ⅰ＝井伏鱒二にまつわる作品、Ⅱ＝太宰治・三浦哲郎にまつわる作品、Ⅲ＝そのほか作家にまつわる作品、Ⅳ＝自作および文学観にまつわる作品、Ⅴ＝囲碁・将棋にまつわる作品、Ⅵ＝初期批評・書評として構成しています。

各作品の表記については、著者特有の表記法に関し一部統一を行ない、談話や引用文を除く全体を新字体・歴史的仮名遣いに揃えた他は、原則的に初出に従いました。また、明らかな誤記や脱字などを訂正した箇所があります。

本文中、今日では不適切と思われる表現がありますが、原文が書かれた時代背景や、著者が故人である事情に鑑み、そのままとしました。

I

井伏さんと云ふ人

井伏さんの小説を読んだと云ふ若い人から、井伏鱒二と云ふ作家はどんな人か、と聞かれることがある。どんな人かと云はれると困るが、例へば、井伏さんはお酒は召上がりますか？　と聞かれればこれには答へられる。

——井伏さんは酒を愛し、よく飲まれます。それも横町の飲屋とかおでん屋のやうな所がお好きで、高級酒場には行かれない。井伏さんは物識りで話が面白い。酒が入るといちだんと面白くなるから、聴く方もつい時のたつのを忘れて深更に及ぶことになる。昔は明け方まで飲んでをられた。一緒に飲んでゐる連中が、時間の遅いのに驚いて、先に失礼しますと帰り始めると、井伏さんは憮然として、一人去り、二人去り、「近藤勇はただ一人」なんて云はれたものです。なぜ近藤勇が出て来たのか、これは僕にも判らない。酒を愛する井伏さんには、酒仙の趣きがあると云へるかもしれない。

——釣をなさるとか……。

——なさるなんて云ふものぢやない。釣の名人と云ふことになつてゐる。釣に就いて書かれた文章も沢山あります。尤も最近は、神経痛が出ると云ふ理由で、井伏さんは釣界を引退したとおつしやつてゐる。川釣り専門で海釣りはなさらない。僕は釣りはやらないが、井伏さんの釣りの話を伺つてゐると、胸がごとんごとんと鳴ることがある。

——将棋もお好きと聞きましたが……。

——将棋は四段です。昔は僕も井伏さんといい勝負だつたが、このごろはいけない。ことにお向ひに大山名人が引つ越して来てから急に強くなられた。いつだつたか、井伏さんと僕が指してゐるのを加藤一二三八段が見てゐて、筋がいいと井伏さんをほめたことがある。井伏さんはそれが自慢です。

——絵も描かれるさうですが……。

——さうです。井伏さんは若いころは一時画家にならうとされた。早稲田在学中に美術学校にも籍を置いたことがある。子どものころから、書画骨董に関心があつたが、これは井伏さんの「半世紀」その他の随筆を見ると判る。

最近まで井伏さんは、画室に通つて絵の勉強をされてゐた。その画室主催の展覧会に出品された魚の油絵は、ちよつとブラックを思はせるいい絵でした。焼物にも興味があつて、わざわざ瀬戸まで行つて御自分で絵付した皿を焼かせたりしてゐるが、皿の絵の構図を見ても本格的なものです。いつだつたか井伏さんは、俺が画家になつてゐたら、いまごろはパリで、レオナアル・藤田（嗣治）かアンリ・井伏かと云はれてゐたらう、と冗談を云はれたことがある。小説家になられたお蔭で、われわれは他に類を見ない井伏文学の醍醐味を満喫出来る訳です。一口に云つて、井伏さんはいい意味での文人、最後の文人と云つて差し支へない方だらうと思ふ。

井伏さんの将棋

ある日、どう云ふきつかけだつたか、井伏さんが僕を見て憫笑された。

——君は相変らず飲んでゐるんだらう？

——ええ、まあ……。

——僕は酒をやめたよ。酒をやめると調子がいいね。原稿もよく書ける。遅くまで飲んでる奴の気が知れないね。

——はあ？　しかし……。

——いや、断じてやめたんだ。

それから一週間ばかりして荻窪の飲みやにゐたら、井伏さんがとことこ入つて来られた。些か話がをかしいと思つたけれども、黙つてゐた。暫くしてから
——お酒はやめた筈ぢやなかつたんですか？

と訊ねると、井伏さんは再び憫笑された。

——君、俺が酒をやめるわけがあるかね？

洵《まこと》にその通りであつて、僕だつて本気でさう思つたわけではない。このごろはそんなことはないが、昔は明け方までよく飲んでをられた。だから、大抵の人は井伏さんと一緒にお酒を飲むと居睡りを始める。何人で飲んでゐる場合でも、一人欠け、二人欠けして最後は井伏さん一人になつてしまふ。

——一人去り、二人去り、近藤勇はただひとり……。

井伏さんが憮然としてさう呟かれる。何故、近藤勇が出て来るのか、その辺のところは一向に判らぬ。いまもつて判らない。

これは将棋の場合も同じことが云へるので、昔は、井伏さんより少しぐらゐ強くても、とても勝てなかつた。例へば井伏さんより少し強い人がゐて、最初五連勝したとする。当人はいい気持になつてやめようと思つても、井伏さんはやめる気は毛頭ない。その裡、七対三、八対五、九対十と云ふ具合に進展して行つて、その強い人がくたくたになつて負け越す結果になる。事実、ある若い人が井伏さんと将棋を指して、夜中の二時か三時ごろになつて——もう勘弁して下さい、と泣き出したと云ふ話がある。また、ある人は井伏さんの将棋の相手をして、深更どころか明方に及び、立上つた拍子に引くり返つた。しかも、その何れの場合にも井伏さんは莞爾としてをられたと云ふのである。

僕は井伏さんと数へ切れぬぐらゐ将棋を指してゐる。戦前は——と云ふのは僕が学生のころは、確かに僕の方が強かつた。ところが、戦後、段位を貰はれてから、井伏さんは急に強くなつて、僕は歯が立たなくなつた。

そのころ、井伏さんの書かれた文章を見てゐたら、自分は弱い者と将棋を指すのが好きだ、王手飛車をして待つてやらうかと云ふときの気分はまた格別である、と云ふ意味のことが書いてある。しかも、その「弱い者」と云ふのが他ならぬ僕自身らしいから、大いに狼狽せざるを得なかつた。そんな筈はない、と思ふけれども、井伏さんは頑固にさう思ひこんでをられるから、僕が勝つことがあつてもそれは焼石に水のやうなものである。あるいは、その文章を読んで本当に弱いやうな暗示にかかつたのかもしれない。事実、それを境に僕は井伏さんより「弱い者」になつたのだから、なんとも不思議と云ふ他ない。

先日、さるところで井伏さんと将棋を指して、僕は惨敗を喫した。僕が最悪のコンディションにあつたのが最大の理由だが、生憎、傍で加藤一二三八段が見てゐて、あとで井伏さんと僕とは腕に相当の開きがあると洩らした。井伏さんは至極満足さうな顔をされて、

——君、加藤八段は見所があるね。

と云はれたけれども、僕としてはただ心外だと云ふ他はないのである。

イボタノキ

シ町の先生は自ら植物学の泰斗をもつて任じてゐる。僕なんぞは歯牙にもかからぬ無智蒙昧の輩だと思つてをられる。三四年前、往来を歩いてゐたら、植木をどつさり積んだ牛車がとまつてゐた。

——君、ちよつと見よう。

シ町の先生は立ちどまつた。

——この樹は何ですか？

と僕が訊くと、シ町の先生は味気ない顔で僕を省みて、から云つた。

——これを知らないのかい？

僕は至極残念に思つて内心深く期するところがあつた。植物学に通じようと決心したのである。しかし、生来怠者に出来上つてゐるから、ちつとも進歩しない。とは云へ、シ町の先生と話すときは知つてゐるやうな顔をして相槌を打つ。

この六月中旬、近くの小川のふちを歩いてゐたら、白い花をつけた灌木が矢鱈にある。何の風情もない、つまらぬ灌木のやうであつた。試みに、その一枝を手折つて帰り、植物辞典によつて調べると、「イボタノキ」と称するものだと判つた。このとき僕は考へた。こんなつまらぬ、へんてこりんな名前の植物は、いかにシ町の先生と云へども御存知あるまい。そこで、それから数日後、たまたまシ町の先生と同席したとき、僕はさりげない調子でかう云つた。

——イボタノキつて御存知ですか？

——そんなら知つてるよ、ネヅミモチみたいな奴だらう。

僕は吃驚した。ネヅミモチとは思ひがけない伏兵である。幸ひ、ネヅミモチと云ふ奴は知つてゐたが、これとイボタと兄弟分だとはちつとも気がつかなかつた。これぢや、折角植物辞典を見たのに、何にもならない。

——イボタにはイボタラフムシと云ふムシがついて、この虫の出す白い粉が薬になるんだ。

と、続いてシ町の先生は仰言る。僕は尤もらしく頷いたが内心たいへんつまらない気がした。折角、辞典で知つたイボタラフムシの話をして、知識の該博なることをひけらかさうと思つてゐたのに、それまで先手をとられて云はれてしまつた。敗軍の将よろしく黙然としてゐると、シ町の先生は四囲に敵なきがごとき軒昂たる風情で、こんなことを云つてをられた。

——大体、君、俺の知らないものなんてありやしないよ、何でも訊いてみろつて云ふんだ。

ステツキ

僕は学生のころから、シ町の先生のところに出入してゐるが、ステツキを持つて歩かれる先生の姿には一度しか御眼にかかつたことがない。いつだつたか、もう五六年前のことかもしれぬ。僕は先生のお宅に伺ふと、いつも将棋を指す。その日も将棋を指して遅くなつた。十時ごろだつたかもしれない。失礼しようとすると、シ町の先生は何やら片附かない顔でかう仰言た。

——帰りにエスカルゴで飲むんだらう？

——いいえ、真直ぐ帰ります。

——さうかね？

と先生は疑はし気に僕を見た。

——オカメに行くつもりだらう？　判つてるよ。

——とんでもない。今晩は飲みません。

エスカルゴもオカメも、共に駅近くの飲み屋である。僕もときに先生のお供をして、あるいは単独で行くことがないわけでもない。しかし、その晩は始めから寄る意志がなかつたのである。

ところが、先生は邪推されたあげく、妙なことを云ひ出された。

——しかし、ともかく疲れたね。ちよつと散歩しようかね。

先生の散歩は飲むことである。僕は急いで云つた。

——もう遅いから、お止めになつた方がいいでせう。

——いや、散歩して頭を冷した方がいいんだ。さうだ、散歩しよう。おい、着物をくれ、散歩するから……。

奥さんの出された着物に着替へると、先生は黒柿の箪笥の横から一本のステッキを取り出し、眼をぱちぱちさせてから仰言た。

——君、これはスネイクウッドだよ。銀座のバアのマダムが僕にくれたんだ。ちよつといいだらう。まだ一遍も持つて出たことがないんだ。

——ぢや、今晩持つて行かれたらいいでせう?

——さうかね? をかしくないかね。ちよつと照れ臭ひがね。

どうして銀座のバアのマダムがそのステッキを先生に進呈したのか、その辺のことは忘れてしまつた。が、先生はステッキをついて外に出た。歩きながら、誰それのステッキはどんな代物だとか、誰それがステッキを持つと堂に入つた恰好だとか話された。しかし、公平に見たところ、先生はステッキをもてあましてゐるやうに思はれた。

エスカルゴのマダムは頓狂な声で云つた。

――まあ、先生がステッキ？　ステキね。

そしてゲラゲラ笑つた。

――何がをかしいんだ？　俺がステッキを持つことがそんなに君には滑稽なのかね？

――いいえ、とマダムは云つた。あんまりお珍らしいから、雪でも降るんぢやないかと思つて。

オカメの親爺は云つた。

――いらつしやいまし。おや、今晩はステッキ御持参で。へえ。

そのたんびに、シ町の先生はステッキがスネイクウッドであること、及び銀座のバアのマダムに貰つたものであることを説明した。そのうちにステッキは忘れられてしまつた。電車がなくなる時間が近づいたので、僕は云つた。

――もう、そろそろ失礼します。

――もう一軒行かう、イヅミでビイル一本だけ飲まう。

僕たちがイヅミに向つて歩いてゐると、暗い横町から出て来た一人の女が、先生の袖を摑まへた。女はひどく酔つてゐた。

——ああら、珍らしい。

——お前なんて知らないよ。

シ町の先生は憤然として云つた。

——知つてるわよ、ふざけちやいやだよ。へん、あたしや知つてるわよ、魚釣りの先生ぢやないか。

シ町の先生は女の酔つぱらひに閉口したらしかつた。

——さうか。お前さんは南口のベラミのひとか？

——へん、ベラミぢやないよ、笑はしちやいけないよ、南口は喜楽の姐さんだよ。

それから女は急に猫撫声になつた。

——ね、うちで飲まうよ。おいでよ。ね、あんたもいいだらう？

同意を求められて僕は大いに面喰つた。

——もう帰るんだ。飲みすぎたからな。

すると、シ町の先生は突然大声で云つた。

——さうだ、もう帰るところだつたんだ。お前さんは駅の方に行くんだらう？　この人が一緒に行くよ。ぢや、君、さよなら。

そんな筈ではなかつた。が、先生は早いところ僕を置いてきぼりにしてしまつた。僕が吃驚して先生にお辞儀したときには、既に先生はもう十米も先方に行つてしまつてゐた。ちやうど小雨が降り出したので、先生は頭の上でステツキを水車のやうに振りまはしてをられた。僕が呆気にとられて見てゐると、女は僕の腕に手をかけた。

僕が乱暴に手を放さうとすると、女は大声でキヤアと叫んだので、通りすがりの人が驚いて此方を見た。僕は三四遍くり返した。そのたんびに女はキヤアと叫んだ。おかげで僕は女に入場券を買つてやり、ブリツヂの中央の階段で南口に行く女と別れるまでその恰好をつづけねばならなかつた。女はその間、歌を歌つたり、莫迦なことを口走つたりするので、近くの人はじろじろ僕らを見る、僕は頗る閉口した。こんな莫迦な話はない、と僕は内心大いに不満であつた。これもすべてシ町の先生がステツキをついて出られたためだと僕は解釈した。そして、持つて行かれたらいいでせうなんて云つたことを後悔した。

その後、大分経つてから、シ町の先生と駅近くの鮨屋に這入つて行くと見たやうな女がゐた。女はもう一人の女と二人で神妙に鮨をつまみビイルを飲んでゐた。女はシ町の先生に叮重に会釈した。それが例の酔つぱらひだと判るにはたいして手間取らなかつた。そこで僕は女に僕のかつて蒙つた迷惑の話をした。すると女はちよいと小首を傾げ、

——あら、人違ひぢやございません？

と云つた。僕は狐につままれたやうな気がした。莫迦な話をしたものだと後悔したが、何にもならなかつた。

「井伏鱒二作品集」に就て

いま、僕は創元社から出てゐる井伏鱒二作品集を愛読してゐる。

井伏さんは非常に理屈の嫌ひな作家である。「丹下氏邸」のなかに出てくる男衆の言葉に「私たちはどのやうにも、なるやうにしかならんでありませう。所詮は、屁はカゼですがな。」と云ふのがある。所詮は、理屈は屁のごときもので、屁はカゼですがな、である。

僕は学生のころ、井伏さんの講演をきいたことがある。演壇に立たれた井伏さんは、後方の席にゐた僕にはよく聞きとれぬぐらゐの低声で話された。ものの五分と喋舌らぬうちに、井伏さんは不意に黙りこんだ。一同固唾をのんで、沈黙を破る次の言葉を待受けてゐると、井伏さんは徐ろに懐中時計をとり出して眺め、「これでおしまひ」と云つて着席されてしまつた。聴衆一同、啞然としたが、却つて如何にも井伏さんらしい、と云ふ評判だつたから妙なものである。むろんその後たびたび演壇に立たれ、現在では風格ある講演をされると云ふ評判である。

しかし、いづれにせよ、井伏さんは聴衆を前に壇上にあつて滔滔と語る作家ではない。とは云へ、ひとたび横町のオデンヤ辺りの椅子に座ると、豊富な話題が陸続として後を絶たない。つまり、井伏さんは我我の身近な生活のなかに溶けこんでゐる作家であつて、他人より高い壇上にあつて口をきくなぞと云ふことは照れ臭くてかなはぬのである。

これは井伏さんの作品にも強く現はれてゐることであつて、試みに井伏さんの作品を読み通してみるならばすぐ納得の行くことである。井伏さんの作品には、英雄豪傑が一人も出てこない。偉さうな人間には、まづお眼にかかれない。いわゆる映画などに出てくる二枚目らしい人物は殆ど見当らないのである。その替り、僕らが四囲に、また旅先に見出す人間が、それを取り巻く風物と共に姿を見せる。而もその人間は多く「思ひぞ屈した」人間である。現実に満足し、胸を張つて人生の大道を闊歩する人間ではない。「集金旅行」「川」「丹下氏邸」その他この井伏鱒二作品集に収めてある作品の人物も皆さうである。滅び行く平家の人たちの落ちて行く記録「さざなみ軍記」を見ても例外ではない。

井伏さんは現実の正面切つた姿を描かうとはしない。いきなり現実の横顔を捉へるやうである。云ひかへれば、現実の急所を押へるのである。この現実の急所を押へる井伏さんの手並は極めて鮮やかである。モオニング、オチヨボロ、思はせ振り、深刻な顔、ペダントリの――なぞはいとも簡単に不意打をくつて尻餅をつく。否、「思ひぞ屈した」愛すべき庶民もこの不意打を免れない。しかし、井伏さんはきびしい庶民の倫理をもつて、現実を肯定してゐる。謂はば、井伏文学は現実への舌打と微笑とでも云へよう。

井伏さんは日本には数少いストオリイ・テラアの一人である。ストオリイ・テラアと云ふものは多く個性を失なひがちであるが、この点で、井伏さんは洵に依固地な個性でもつて、そのストオリイを濃く色づける珍らしい作家である。そしてこの個性に強く裏打された虚構の物語の空気は、僕らの住む世界の空気と多少異つてゐるやうである。その世界に住む人物は、いづれもどこか歪んでゐる。しかし、読者は進んでその世界に入つてみるがよい。その虚構の世界が嘘だらけの人生にあつて僕らが忘れてゐる真実を示してくれる、と云ふのは不思議なことである。

J・B・プリイストリイはその著「英国の小説」のなかに次のやうに云ふ。「現代小説批評の甚だ多くは、小説家を社会批評家兼理論家として看るために、全く芸術家として小説家を看ることを忘れてゐる」（織田正信訳）。井伏さんに、社会批評家兼理論家を求めることは無意味なことである。よしんば、その作品が自ら社会批評の役を果してゐたとしてもである。しかし、井伏さんはやはり醇乎たる芸術家と呼ばるべきであつてその故にこそ僕は井伏さんの芸術を愛するのである。

井伏鱒二「点滴」あとがき

この随筆集には、井伏鱒二先生の最近一二年間に書かれた随筆を主として収録した。おのおのの随筆の面白さに就いては、今更贅言を費すにも及ぶまい。茲《ここ》には僕が先生から伺つたことなぞをありていに記して置く。

「奥の細道」は、昭和廿七年稲の黄ばむころ、文藝春秋別冊の求めに応じ芭蕉の旅の跡に杖を引かれた次第を記されたもので、同行の印南氏はさしづめ曾良と云ふわけであつた。先生の曰く「芭蕉に遠慮しいしい」書かれたと。「鶯」は廿七年元旦、読売新聞に色刷挿絵入りで掲載された。「口髯」はチヤツプリンに興味を持たれて、そのユウモアを書かれたもの。「旗風」は、廿八年初夏、神田共立講堂で催された「奄美大島復帰促進の夕」に講演を依頼されたのに対し、「演説替りに」ものされた文章である。文學界に発表された。その後、諸般の状勢が好転した故、一筆註を加へて然るべきところと云はれるが茲には加へてない。「国語読本のこと」は廿七年岩波の「文学」に書かれた。同誌で教科書に文章の入つてゐる人に就いて教科書に対する意見を徴した。それの答である。「作中人物の用語について」は、廿八年新潮に発表された。目下毎日新聞に連載中の「かるさん屋敷」を執筆されるに当つて、当時の武将の言葉をいろいろ調べられた。その余滴の一である。「鼠小僧」は、大名屋敷の大奥の模様を知りたいと云ふ興味から読物風に書かれた。廿七年文藝春秋に掲載された。「灰皿」は廿八年芸術新潮に、「骨董」は同じく廿八年に群像に書かれた。骨董と云ふとすぐ青柳瑞穂氏が登場される。これは先生の言によると青柳さんに「依存する」からで、近所にさう云ふ人物がゐると「気持が楽で飽きない」のださうである。廿七年の春、文藝春秋主催の講演旅行で九州に行かれたとき、長崎で県知事西岡竹次郎氏からコンプラ醤油瓶を贈られた。往昔蘆花がトルストイを訪ねた節、その机の上にこの瓶があつて花が差してあつたと云ふ。この話に「エキゾチックなものを覚えて」ものされたのが「長崎の醤油瓶」である。「恵林寺」「鼾について」、及び「上京直後」「初めて逢つた文士」「田中貢太郎さんのこと」は、何れも前に書かれた随筆である。これは、多少趣きを変へるため、またこの本に幾らか時間的奥を持たせるために加へたものであつて、謂はば、中間色の如きものである。「パパイア」は本来は「小説にしたい材料」の由である。しかし先生の話によると小説に書くとなると差し障りのあることが多い。「ゐぐい」ことがあつて後口が悪くなる気がする。そのため何度も書かうとしては中止された。それが度重なる裡に随筆になつた。このなかの柳重徳、宮沢俊明の二氏は偕《とも》に毎日新聞の優秀な記者であつたと云ふ。井伏さんはこの二人に格別愛惜の念を持つてをられるやうである。因みに、宮沢俊明氏は俊義氏の弟さんだと云ふことである。「引札」は廿六年のもので、このなかの本屋の引札は佐藤春夫氏、ピノチオのは古谷綱武氏、はせ川のそれは久保田万太郎氏がそれぞれ草されたさうである。尤も、ピノチオとはせ川の引札は、井伏さんが書かれたのだらうと間違へられたと云ふ。これは無理もない。以て種明しをしておく。「燗徳利」は、ある神学大学学生に関連した文章で廿六年芸術新潮に発表されてゐる。「九月十四日の記」及び「十月十六日の記」は、偕に池袋人生坐のパンフレットのために毎月書かれたものから取つた。

「初めて逢つた文士」から「点滴」までは、大体人物印象記、あるいは印象記風のものを集めてある。堀辰雄氏と太宰治氏に就いて書かれたものは、要書房常田君の希望もあつてそれぞれ纏めてみた。但し、他の随筆集との重複をなるべく避けようとした結果、太宰さんに関する二三の文章はこれを割愛せざるを得なかつた。「点滴」は、太宰さんを追懐された絶唱である。（昭和二十八年九月二十日）

井伏鱒二「漂民宇三郎」

金六と云ふ船乗として相当の経験を持つてゐる男がゐる。その弟に宇三郎と云ふのがゐるが、海が嫌ひだから船乗には向かない。と云つて、ほかに何もする手立てがないから、兄の指図を受けて船の炊《かしぎ》を勤めてゐた。船のなかで、暇なときは草双紙なぞ読むやうな男である。

丁度、金六兄弟が故郷の越後の早田村に帰つてゐるとき、いい条件で船に乗つてくれぬかと金六に頼みに来た船頭がある。元来が富山の売薬商人で船のことには疎い。金六を頼みにすると云ふ。弟を同伴しても差支へないと云ふ。金六は即座に承知した。

船には四斗俵の糧米三十俵と昆布六百石が積みこまれた。乗組員は金六と宇三郎を加へて十一人である。松前を発つて江戸に向かふのである。

出帆したのは天保九年十月十日、船の名は長者丸である。

出帆したのはいいが、どうも後日の災難を予想させるやうな妙な事件が起る。田の浜を経て仙台領の唐丹《とうに》浦を出ると、俄に大風が吹き出した。――漂流した長者丸は翌年四月も末にやつと米船に助けられるのであるが、この間の漂民の船中の絶望的な生活は井伏氏の筆によつて鮮やかに描き出されてゐる。それをここに書くとなると全文を引用せざるを得ないから割愛するのである。

ともかく、アメリカの捕鯨船に救はれたが、このとき乗組員は八人になつてゐる。二人は水と食糧の欠乏で落命し、金六は責任を感じて投身自殺したのである。米船の船長はケッカルと云つて、漂民を親切に扱つてくれる。が、漂民の方は最初、行水のために湯を沸かしてくれるのを、煮殺されると勘違ひしたりする。

ところが手違ひで、宇三郎一人、近寄つて来た別の捕鯨船に移されてしまふ。宇三郎はこの船の船医ドクトル・ズウフの従者になる。が、船長が大怪我したので船は針路を変へ、サノイツ群島（ハワイ群島）のウワヘ島のヘイドと云ふ港についた。宇三郎はここで、広東人の時計屋に奉公する。

時計屋にはカナカ人との混血児の娘がゐて宇三郎を憎からず思ふ。ところが、この島に団右衛門なる日本人がゐて恋の邪魔をしたり、女部屋に案内したりして宇三郎を悩ます。が、一方、宇三郎は船中で見つけた籾二粒を苗代にまいたりする。とかくするうちに長者丸の漂民を乗せたケッカルの船がヒロの港についたと云ふ手紙が来て、宇三郎はそれに合流する。時計屋の娘は泣いて別れを惜しむ。

ヒロには長者丸の仲間が三人ゐた。妙なことにやはり広東人の時計屋に鞋を脱いでゐるのである。暫くゐるうちにケツカルが迎へに来て、ムマライ島に行く。

ここではメリケン人の奉行役ミナヒレの居館に連れ行かれた。そこでペルリの軍艦が日本に行くと云ふ噂など耳にする。また、遠い故国の噂なぞ聞く。半月ほどして、隣りのワホ島に渡つた。長者丸の残りの四人がゐると聞いたからである。そして、その島のパピユと云ふ広東人の家に泊つてゐる四人に会ひ、ベイネルなる奉行の家に止宿した。ここで一人衰弱がひどくなつて死ぬ。

風まかせの木の葉、枝にたまつた露のやうな頼りない漂民の身の上である。身の行末を案じた一同はメリケン寺の坊主に伺ひを立てると、松前に近いカムサツカに行つたらどうかと云はれる。

天保十一年七月下旬、宇三郎たちはヱギリス商船に乗つて九月下旬カムサツカのガウエニヤに着いた。ここで各自、通事の口添で町家に奉公する。宇三郎は交易商の家に奉公してゐる間に、ロシヤの日本語学校にゐたと云ふロストフなる男に会ひ、日本語学校の沿革なぞ聞く。このロストフの発案で、漂民は忠臣蔵を上演する。この上演が縁で定九郎役の次郎吉なる男がソオニヤなる女性に懸想される。更に、それがもとで宇三郎はあらぬ嫌疑をかけられ仲間の者とまづくなり、日本に帰るのはいやだと云ひ出す。

カムサツカからオホオツカに行つたとき、事態は更に険悪となり、宇三郎は立腹のあまり、仲間へのあてつけもあつて宗旨替してニコライ宇三郎となる。

だから、一行が日本に帰つたときも宇三郎は同行しなかつた。厄介な船旅の末に、籾二粒をまいた例の時計屋に辿りつき、別れを惜しんで泣いた娘が未だに独身だつたので婿になつた。「漂民宇三郎」はまだ、日本に戻つた一行が奉行所なぞで取調べられる経緯《いきさつ》なぞ記してあるが、ふれる余裕がない。大体が、井伏氏の作品の筋書を書くと云ふことは砂金を採るのに粗い網を用ゐると同じであつて、文章の一行一句に滲み出る味を噛みしめなければ何にもならない。

「新潮日本文学17　井伏鱒二集」解説

何年か前、甲州へ旅行したとき、井伏さんは身延線の沿線に見える山を指して、

――あの山は姿がいいね。

と云つた。なだらかな稜線を持つ低い山が冬の午後の陽差しを浴びてゐた。それから――僕はあんな山が好きなんだ、と云つた。井伏さんの故里の山もそんな姿ではないかと思つて訊くと、さうだと云ふ返事だつたと思ふ。井伏さんはごつごつした山とか、高い絶壁を持つ山は気に入らぬだらうと思ふ。

「姿がいい」と云ふのは山に限らない。あの木は姿がいい。文章は姿がよくなくちやいけない、と云ふことになる。大言壮語、怒号、号令、あるいはこれに類する文章の如きは、すべて姿を打ちこわしてしまふ。これをもう少し拡大すると、ふんぞり返つた人間、とりすました人間、ペダントリイ、深刻ぶつた顔なぞすべて気に喰はぬから、井伏さんの作品のなかでは急所を突かれて跳び上つたり、不意をつかれて尻餅をついたりする。しかし、その井伏さんの文章は些かも姿を崩さない。

これは友人に聞いた話だが、あるとき、井伏さんと東北の方に旅行して汽車か車から外へ出たら強風が吹いてゐる。井伏さんは、

——ここの風は実力があるね。

と帽子を押へたと云ふ。これを聞いてをかしくてならなかつた。云はれてみれば成程と思ふが、実力のある風、と云ふ表現には何となく滑稽なところがある。そんな言葉が咄嗟に口から出るのは誰にも出来ると云ふものではない。強い風だ、ひどい風だね、とは誰でも云ふ。実力があるね、となると少し違ふ趣がある。井伏さんの座談にはこれに類した独特の味があるが、これはその作品にも関聯を持つと云へる。

いつだつたか、井伏さんに植木を分けて頂くことになつて、知合ひの植木屋に運んで貰つたことがある。植木屋の親爺はそのとき、縁側で暫く井伏さんと話したらしいが、あとで、

——あの旦那は小説の先生ださうだが、植木についてもあたしなんかより詳しいね。いろいろ教へて頂きました。それに滅法話の面白い方だ。

と感心してゐた。井伏さんが植物に詳しいのにも感心したのだらうが、それより、いままでの話相手にはなかつた話の面白味に感心したのだらう。始めて井伏さんに会つた人は誰でもまづ、井伏さんの話は面白いと云ふ。これは小説にも共通することだが、井伏さんは殊更に話を面白くしてゐる訳ではあるまい。話には話の種になる事実がある訳だが、その事実の

受取り方とか見方に井伏さん一流の角度があるのだと思ふ。井伏さんがある事実を受入れたときに、あるいは見たときに既に話の面白さは決つてゐる。そんな感じがある。

話があまりにも面白くて、うつかり——本当ですか？　と訊きたくなることがあるが、井伏さんは眼をぱちぱちさせて、

——ほんとだよ、君、ほんとだよ。

と云ふ。

これは小説の場合も同じやうなことが云へると思ふ。井伏さんの現実の受取り方、捉へ方には独特の角度があつて現実の横顔を捉へる。独特の角度とはこちらの考へ方であつて、井伏さんにはそれが普通なのかもしれないと考へられるところがあるが、初期の作品ほどこの傾向が強い。それはあたかも現実の横顔には正面から窺ひ知れぬ特徴がある、とでも云ひたげである。むろん話と違つて、小説の場合は捉へた現実の処理の手並みが問題で、この点井伏さんの手並みはまことに鮮やかだが、これも角度と切り離しては考へられない。

例へば「丹下氏邸」や「谷間」に登場する愛すべき老人丹下氏の奇矯な言動は、これを話に聞いたら誰も本当とは思ふまい。丹下氏は馬に跨がつて、馬のとめ方を知らないので絶対に背後を振向かず、馬上で大声で演説しながら「旅人の如く往還を北へ向つて行つてしまふ。何たる嘘であることか。しかし、この丹下氏を井伏さんの作品のなかに見出すと、丹下

氏の言動は紛れもない真実であると納得する。

井伏さんの初期の作品を見ると、その虚構の世界の持つ空気が、われわれの住む世界の空気と少しばかり違ふやうに思はれたり、その世界に住む人間が些か歪んで見えたりするかもしれない。しかし、別に空気が違ふ訳でも人間が歪んでゐる訳でもない。これは専ら現実を捉へる角度の相違から生じたもので、その作品のなかに入つてみると、われわれは平常見馴れた現実の顔とは違ふ現実の横顔を覗く窓が開かれてゐるのに気がつく。

井伏さんの郷里の方へ行つたと云ふ何人かの人の書いたものや話によると、道で見かける人間とか宿の女中など何れも井伏文学のなかの人物のやうに思はれたと云ふ。自然の姿もまた、作品のなかの風景の如く見えたと云ふ。「丹下氏邸」「谷間」あるいは「朽助のゐる谷間」その他井伏さんの郷土を離れては考へられぬ作品が多いが、井伏さんの読者は知らぬまに、井伏さんの視角で覗くやうになるのかもしれない。


井伏鱒二氏は明治三十一年二月十五日、広島県深安郡加茂村粟根に生れた。父は井伏郁太、母は美耶、井伏さんは次男で本名を満寿二と云ふ。生家は屋号を「中の土居」と呼ぶ地主である。

父郁太氏は井伏さんが五歳のとき逝くなつた。前から肋膜を患つてゐたのだが、当時にあつてはなかなかモダンな人物だつたらしい。井伏さんの自叙伝「雞肋集」には次のやうに書いてある。

私のうちから直ぐ近くの見はらしのいい大石垣の上に、二階建ての病舎を建築して住んでゐた。そして病舎の周囲には蜜柑の木をいつぱい植ゑ、また道楽に目白を飼つてゐた。父が呼鈴を鳴らすと、母が用事をききに出かけてゐた。父はたいてい寝ころんで書物を読んでゐた。父の病気の原因は、東京の友人が送つてよこした鉄亜鈴で説明書を参考に亜鈴体操をしてゐたのが健康を悪くする原因であつたと云ふ。当時、東京では鉄亜鈴が流行してゐたのにちがひない。父は東京で流行するものをすべて尊重したやうである。

井伏さんの話によると父郁太氏は平凡な田舎地主だつたさうだが、文学青年でもあつて「早稲田学報」に詩を寄せたり漢詩の翻訳を試みたりしてゐる。父郁太氏について井伏さんは随筆「肩車」「田園記」等に書いてゐる。

父の死後、子供たちは祖父に可愛がられて育つた。この祖父なる人物については「書画骨董の災難」と云ふ随筆に詳しい。その書出しの文章を引用する。

私は自分の引きたたない風采や容貌のことはあまり気にしないことにしようと思つてゐるが、私がインバネスを着てソフトをかぶつてゐるときの様子は、私の祖父（最近死去）の風采そつくりに見えるので、このごろ私はハンチングをかぶることにしてゐる。

この老人は頑固だと人に云はれるのを誇りにしながら頑固にしてゐたらしい。新聞を読むときは大声で抑揚をつけて読む。親孝行の記事なぞになると、人前も憚らず泣きながら読む。「この老人はつまらない書画骨董品を買つて来て、それを蔵つておく癖があつた」と井伏さんは書いてゐるが、その蒐集した応挙、一蝶、竹田《ちくでん》その他すべて贋物だつたさうである。しかし、真贋は問はず、幼時の井伏さんはそれを見て育つた訳で、知らぬまに絵画に関心を持つやうになつたのだと思ふ。井伏さんは老人が軸を巻くのを手伝つたり、姫谷焼の窯跡の発掘について行つたりしてゐるから、さう云ふ雰囲気が好きだつたのだらう。井伏さん自身書画骨董に関心の強いのは、多分にこの祖父の血を引いてゐると見ていい。老人は朝顔型のラツパのついた蓄音機で長唄など聴いたらしいが——鰤二がかけると格別音がいい、と云つて井伏さんにかけさせた。井伏さんは特に気に入られてゐたらしい。

井伏さんは病弱だと云ふことで、一年おくれて小学校に入学した。事実、身体が弱かったと云ふこともあらうが、その前に父郁太氏、叔母、弟と逝くなつてゐるから健康第一と大事をとつたこともあらう。井伏さんの入学した当時の村の小学校がどんなものか、参考のために井伏さんの文章を引用しておく。

（前略）私たちの入学したときには以上のやうに職員（先生）は四名で、校舎は瓦ぶき二階建て白壁づくりの一棟であつた。その内訳は、障子窓のある四教室、職員室兼玄関一室、宿直室、炊事場である。（雞肋集）

校庭には噴水とアカシアの大木があつた。この小学校は井伏さんが五年生のとき硝子窓のついた六教室の新校舎が出来て移転した。始めて師範学校出の先生が赴任して来たときは、全校生徒が感激したさうである。

井伏さんは小学生のころ遊んでばかりゐたと云ふが、井伏さんの馴れ親んだ郷里の山川草木が、風光明媚な内海の姿と共に作家井伏鱒二の形成に大きな役割を果してゐることは否めない。それらの風物とかそこに住む人物は、井伏さんの作品のなかに一ひねりも二ひねりもされて取り入れられてゐて読者の笑ひを誘ふ。しかし、井伏さんはかつて——僕の小説のユウモアは感傷を消すためだ、と洩らしたことがある。井伏さんの都会的感覚による逆手を用ゐて描かれる滑稽な故里の姿は、荒涼たる都会にあつて思ひぞ屈した若い井伏さんの郷愁の産物と云へるかもしれぬ。おのづから哀愁を伴ふのもまた故なしとしない。

井伏さんは最初画家志望であつた。井伏さんを絵画へ近づけたのは例の祖父なる人物の蒐めた日本画だが、井伏さんが視角型であることは文章を見ると判る。小学校を出たころ、広島藩主の泉邸の池のところでカンヴアスに油絵を描いてゐる人を見た。それまで油絵を見たことのない井伏さんは、チユウブから絵具を絞り出すのを見て驚嘆し青と黄をまぜて緑を生み出すのを見て、神業ではなからうかと思つたと云ふ。

井伏さんは明治四十五年福山中学校（誠之館高等学校）に入学してゐるが中学時代も休みと云ふと絵を描いてゐたらしい。福山地方は画家を大切にするところだと云ふから、そんな空気も井伏さんを画家志望に向わせる理由の一つだつたかもしれない。中学二、三年ごろから何となく画家にならうと思つた。勉強はあまりしなかつたらしい。福山市内の池に母美耶氏と仮寓して、近くに住むアイルランド婦人ガルゲエ夫人の家に出かけてキイツやアイルランド劇の話を聞いたりしてゐる。

私は学校の出来が悪かつた。成績は一年の一学期よりも二学期が悪く、二学期よりも三学期が悪く、級が進むにつれさういふ段階で一学期ごとに成績順番が悪くなつて行つた。一度も成績がよくなつたことはないのである。さうして落第こそしなかつたが卒業するときには劣等の部に属してゐた。（雞肋集）

とあるが、多分学校には興味がなくて、絵を描くこと、ガルゲエ夫人の話を聴くことに夢中だつたのだらう。このころの井伏さんに画家の卵を見出すことは出来るが、作家の卵は見当らない。尤も、中学五年のとき森鷗外宛に手紙を出してゐる。当時鷗外が大阪毎日新聞に連載してゐた「伊沢蘭軒」について、朽木三助なる名前で史実の誤りを指摘したのである。この話は井伏さんの「森鷗外に関する挿話」に詳しいが、鷗外も「伊沢蘭軒」の「その三〇三」一章をこれに当ててゐる。朽木三助氏から来た手紙の全文を紹介し「わたくしはこれを読んで大いに驚いた。或いは狂人の所為かと疑ひ、或いは何人かの悪謔に出でたらしくも思つた。しかし、筆跡は老人なるが如く、文章には真率な処がある。それゆゑわたくしは直ぐに書を作つて答へた」と書いてゐる。鷗外もよほど面喰つたのに相違ない。しかし「筆跡は老人なるが如く」を見ると、中学生の井伏さんが既に老成した筆跡を持つてゐたと判る。鷗外の返書は井伏さんの説がいかに出鱈目かを懇切に教へたものであつた。

このあと、井伏さんは鷗外の返事を欲しがる友人に強要されて、もう一度手紙を出した。朽木三助は死んだと云ふ手紙である。これに対して鷗外から鄭重な返事が来た。「何ぞ料《はか》らん、数週の後に朽木氏の訃音が至つた」と鷗外は書いてゐる。一体、鷗外はどう思つたらう。

井伏さんは大正六年九月早稲田の文科の編入試験を受けて入学した。当時は九月に編入試験があつた。しかし、井伏さんは早稲田に入りたくて入つた訳ではない。中学を卒業すると、写生道具を買ひ集め、奈良、吉野、京都方面に写生旅行に出かけてゐる。何の束縛もなく思ふ存分絵を描きたかつたのだらう。この旅行は四月から六月の三カ月にわたり、京都には一カ月ほど滞在した。人を介して橋本関雪に弟子入りしようとして断はられたのもこのときである。そのためでもあるまいが、このあとで井伏さんは兄の文夫氏、及びその友人で早稲田の学生山根雅一にすすめられ何となく早稲田に這入る気になつた。父郁太氏に似て兄文夫氏も文学青年だつたらしい。山根雅一等と同人雑誌を出したりしてゐる。早稲田に入学したために、井伏さんのなかの画家の卵は表面から消え、作家の卵が顔を出すことになる。

井伏さんの早稲田生活に、忘れることの出来ない人物は青木南八である。井伏さんは予科から学部に這入つて青木南八と友人になつた。最も親密な友人になつた。南八はとび抜けた秀才であつた。「そのころ私たちは、学校の成績のいい人を理由なく概念先生といつて粗末に扱つてゐたが、南八だけは特別あつかひにされてゐた。どことなくその人格といふやうなものに打たれたのである。彼は聡明で純情で、あくまで清教徒的であつた」と井伏さんは書いてゐる。

南八は殆ど日課のやうに井伏さんの下宿に来て、「おい、起きないか」と云つて学校へ誘ふ。井伏さんは学校へ行きたくないときは、枕元に原稿用紙を散らしておく。すると南八は「徹夜で書いたんだね。凄い凄い」と満足して引上げて行く。井伏さんは学部に這入つたころから小説を書き出したと云ふが、南八の存在は当時の井伏さんにとつて大きな支柱であり刺戟であつたらう。

——学生のころは、青木に読んで貰はうと思つて作品を書いた。

と井伏さんは一度洩らしたことがある。南八と知合つた年の夏、井伏さんは郷里へ帰つて小動物を扱つた作品「やんま」「蟻地獄」「がま」「たま虫を見る」「山椒魚」等を書いてゐるが、これは青木南八に読ませるために書いたのである。しかし、学生仲間の信望を一身に集め、教授連の期待の的であつた青木南八は卒業を前にして胸部疾患で逝くなつた。

「鯉」は後年この亡友青木南八への追懐を一匹の鯉に託して表現した詩情豊かな作品である。この作品を書いたころ、井伏さんは聚芳閣と云ふ出版社に勤めてゐて、面白いことは何もない。一番淋しいころであつた。戸塚のグランドでぼんやり野球の練習を見て過したりした。その途方に暮れた青春の孤独と哀感がこの作品に美しく結晶してゐる。

井伏さんは早稲田に通う傍ら、日本美術学校別格科に籍をおいて、下宿で退屈するとその画室に通つた。現在も知人の画室の会員になつてゐるが、井伏さんのなかには少年のころの「画家志望者」が郷愁のやうに住んでゐるのかもしれない。それから、無闇に旅行した。学生のとき木曽福島に行つて「私は木曽に旅行して以来、旅行好きになつた。徹頭徹尾、旅行が好きになつた」と云ふ。

順調に行くと当然井伏さんは学校を卒業してゐた筈だが、教授片上伸《のぶる》と衝突して中途退学した。この経緯は「雞肋集」に書いてある。片上教授の一方的措置によつて退学させられたのである。非は先方にあつて、それを糊塗しようとした結果が井伏さんの退学と云ふことになつた。作家井伏鱒二にとつて卒業中退はどうでもいいことだらうが、当時の井伏さんにはまことに苦苦しい出来事だつたらう。そのころから井伏さんの操行は一変し「酒をのむことを覚え、艶福を求める目的から夕方になると顔を剃つて酒をのみに出かけた」のも味気ない気持をもてあましたからに違ひない。

井伏さんが最初に参加した同人雑誌は「世紀」である。リイダア格は栗原信（画家）で同人は早稲田時代の同級生が多かつた。これに井伏さんは前に南八に見せた「山椒魚」を「幽閉」と改題して発表した。この作品はのちに加筆して「文芸都市」に再び「山椒魚」と改題して再録された。「山椒魚」は井伏さんの処女作であり、初期の代表作の一つと考へられてゐる。頭でつかちになつて岩屋から出られなくなつた山椒魚は滑稽至極だが、実は永遠の倦怠と絶望を象徴してゐる。井伏さんの話によるとチエホフの「賭」にヒントを得たと云ふ。チエホフは一人の男が絶望から悟りに這入るまでを書いてゐるが、「山椒魚」は諦めるところで打切つた。しかし、この作品には井伏さん独特の文章の機構が見られる。この文章の機構、即ち文体はつまり作家の心情の微妙な象徴であつて、今後の井伏文学の方向をはつきり示したと云つてよい。なほ井伏さんの話によると、中学時代、学校の杉苔の生えた中庭に長方形の池があつて動植物の先生がそこに山椒魚を二匹飼つてゐた。それを井伏さんはよく観察してゐたと云ふことである。

同人雑誌「世紀」は三号を印刷中、関東大震災に遭つて解散した。従来、井伏さんの話によると「二号を印刷中」と云ふことになつてゐるが、これは井伏さんの記憶違ひで、最近「世紀」の二号を送つてくれた人があつたと云ふ。井伏さんは震災にあつて戸塚の下宿から郷里へ帰つた。

震災の翌年、井伏さんは前述の聚芳閣に勤めたが、三カ月で退社した。勤めが重荷で堪へられなかつたからだが、やめても別にいい知恵も浮ばない。もう一度勤め直した。ところが、今度は奥附のない本を出して恥づかしさの余り一カ月で再び退社した。学生時代、井伏さんは「質屋に行くやうな貧窮作家になりたいと思つてゐた。貧乏しながらこつこつと小説を書くことは、どんなにか美しい人生であらうかとあこがれてゐた」と書いてゐるが、「雞肋集」

によるとこの後暫く窮乏生活がつづく。しかし、かう云ふ言葉の真意は今日ではおそらく理解されないのではないかと思ふ。

大正十五年から昭和二年まで、井伏さんは「陣痛時代」の同人であつた。「世紀」の同人が主体であるが、井伏さんはまもなく脱退した。井伏さんを除く同人全部が、当時盛んだつた左翼運動に加はつたためである。「左傾しなかつたのは主として気不精によるもの」と云ふ。しかし、井伏文学が主義主張を唱へる場所から最も遠いところにあるのを見れば、これは当然のことである。

井伏さんはこのころ荻窪に居を定めて、今日に至つてゐる。中央沿線と云ふと井伏さんを想ひ出す人が多いが、井伏さん自身、荻窪、阿佐ヶ谷を作品にしばしば取入れてゐる。かつて宇野浩二は「清明文芸観」と云ふ文章のなかで井伏さんの「末法時論」（昭和十三年）にふれ「どうせ井伏のことだ、題名など如何にむつかしからうと、面白くない筈がないと思つて読みつづけると『ところが荻窪のSSSロッジといふアパアトでは、……』と来た。芝居なら大向うから『くちすけやア』とでも声がかかりさうなところ」と書いてゐる。既にそのころから、荻窪に井伏鱒二あり、と云ふことだらう。

井伏さんは昭和三年「文芸都市」の同人となり、五年「作品」の同人となつてゐる。「文芸都市」の同人には舟橋聖一、阿部知二、今日出海、梶井基次郎、浅見淵《ふかし》、尾崎一雄その他の諸氏がゐた。このころから井伏さんは同誌の他「三田文学」「創作月刊」等に作品を発表し始めてゐる。「山椒魚」（再録）「谷間」「朽助のゐる谷間」「鯉」（再録）「屋根の上のサワン」等だが、何れも諧謔と詩情に溢れた作品である。井伏さんは一作をもつて華華しく登場した作家ではない。現実の横顔を捉へる井伏文学は、世俗一流への反撥から出発したものに他ならない。独り独自の道を歩いてゐて、気がついたら後から随いて来る人間が沢山ゐた。多分、そんなところだらう。

昭和四年井伏さんは水上滝太郎の推挽で文藝春秋に「シグレ島叙景」を発表、翌年新潮社から新興芸術派叢書の一冊として「夜ふけと梅の花」を、改造社から新鋭文学叢書の一冊として「なつかしき現実」を刊行、漸く文壇に進出した。なほ「作品」同人には小林秀雄、永井龍男、河上徹太郎、堀辰雄、三好達治等の諸氏がゐた。詩情と散文の見事な調和を示す「さざなみ軍記」の最初の部分「逃亡記」の発表されたのも「作品」誌上である。

この後の井伏さんは戦争が始まるまで着着とすぐれた作品を発表し、文壇に独自の位置を占めることになる。「ジョン万次郎漂流記」によつて直木賞を受けたのは昭和十三年だが、他に「丹下氏邸」「川」「集金旅行」「多甚古村」等多くの作品が書かれてゐる。本集に収めてある「ミツギモノ」「岩田君のクロ」「隠岐別府村の守吉」もこの間の作品である。『槌ツア』と『九郎治』ツアンは喧嘩して私は用語について煩悶すること」と云ふゴオゴリの作品名を聯想させる題の作品は、いつ書かれたものかよく判らない。しかし「陋巷の唄」（昭和十三年）と云ふ作品集に収めてあるから、その少し前のものだらう。井伏さんの郷土の風俗人情が躍如として一風変つた濃厚な地方色を感じさせるが、井伏さんによると用語の件は事実だがなかの事件は架空のものだと云ふことである。「隠岐別府村の守吉」のなかのハアンの「おお、そのなつかしの……」と云ふ言葉はハアンの口癖だつたさうである。井伏さんはそれを、ハアンが早稲田で教へてゐたときの同僚五十嵐力《ちから》博士から聞いたと云ふ。井伏さんは大学一年のとき隠岐の島に旅行してゐる。そのときの印象が生かされたのだらう。

戦争が始まつたとき、井伏さんは陸軍徴用員としてシンガポオル（当時昭南島と呼ばれた）に送られ、「昭南タイムス」なる新聞の主筆をさせられた。多分煩はしいことが多かつたのだらう、まもなく辞して「昭南日本学園」と云ふ学校で現地人に歴史を教へたりした。この辺のことは「南航大概記」「昭南日記」等に詳しい。当時「毎日新聞」に連載されて世評の高かつた「花の町」は日本学園のことを中心に書いたものだが、これもシンガポオルで執筆したものである。井伏さんはシンガポオルにはまる一年ゐて帰国した。

井伏さんが暫く筆を休めてゐた疎開先の郷里から荻窪の自宅へ戻つたのは二十二年七月である。このころから、堰を切つたやうに作品を書き始め、爾来、今日まで井伏さんはどつしり腰を据ゑて夥しい数の作品を発表してゐる。「追剝の話」「白毛」「貸間あり」「本日休診」（第一回読売文学賞受賞）「遙拝隊長」「かきつばた」「漂民宇三郎」（芸術院賞受賞）「黒い雨」（野間文芸賞受賞）その他の佳什は枚挙に遑《いとま》がない。この間、三十五年には芸術員会員に推されてゐる。

これらの戦後の作品を辿つて来ると、初期の諧謔と詩情に富む作風は次第に沈潜し、代りに底光りのする重厚な風格が滲み出て来てゐるのが判る。井伏さんの文学は言葉の魅力を抜きにしては考へられない。綿密に計算され組立てられた言葉の創り出す独特の世界は、既に「山椒魚」においてその方向を決定づけられてゐると書いたが、その独特の文章の機構が作者の心情を微妙に反映しつつ年輪と共に円熟の度を加へて来たのである。それらの作品を見ると、例へばどつしりした「姿のいい山」のやうであり、あるいは軒深いゆつたりした藁屋根の家のやうでもある。

前に井伏さんの「徹頭徹尾、旅行が好きになつた」と云ふ言葉を引用したが、井伏さんはまた「アメリカに行くとか巴里に行くとかさういふ豪快な旅行をしたいとは思はない。せめて四日か五日の予定で近県の田舎町や山の麓のやうなところに行つて来る。（中略）たまたま山の宿で囲炉裏の煙が目にしみるやうなことでもあると、そんなことにも私は独りで悦に入つてゐる」と書いてゐる。この文章を見ると、井伏文学を構成する二つの要素を見ることが出来る。一つは旅行、一つはつつましい庶民感情である。旅行は「集金旅行」ほか「隠岐別府村の守吉」の如くさまざまの形をとつて井伏さんの作品に用ゐられてゐて漂民ものも例外ではないが、その底には人の世もまた旅の如しと云ふ東洋風の感懐が潜んでゐると見てよい。同時に井伏さんの作品を貫いてゐるのはきびしい庶民の倫理であることも忘れてはならないだらう。

旅行好きの井伏さんには各地の旅館を舞台にした作品（本集の「ミツギモノ」また然り）があるが、「駅前旅館」はその集大成のやうなものだらう。愛すべき番頭生野次平を中心に展開する世界は井伏文学の独壇場と云つてよいが、同時にほろ苦い味がある。井伏さんによると、なくなりつつあるものを残したかつたと云ふ。れつきとした客引番頭はなくなりつつある。それと共に、客引番頭気質や誇り、その符牒も消えてしまふ。さう云ふものを残したかつた。人物にはモデルがあつて、井伏さんは上野の某旅館に行つてその番頭から話を聞いたのである。

——番頭の寂しさを書かうと思つたんだ。

と云ふ井伏さんの言葉を聞くと、ほろ苦い味は、滅びしものは（あるいは滅び行くものは）なつかしきかなと云ふ感懐に通ずるのかもしれない。

『奥の細道』の杖の跡」は芭蕉の「奥の細道」のあとを辿る紀行文である。曽良の随行記、「奥の細道」、それから古川古松軒の「東遊雑記」の三つを参考にしながら旅行した。芭蕉の旅は実は贅沢な大名旅行だつたと判つたと云ふ。この文章は単行本「七つの街道」に収めてあるが、そのあとがきが面白いので一節を紹介しておく。

日本では如何なる辺鄙な土地の宿に泊つても、たいていの部屋に床の間があつて掛軸がかけてある。または小壁に横額がかけてある。それと同じやうに、どこに行つてもその土地に掛軸または横額に該当する人があるやうに思はれる。私は旅さきでいろいろの人に接し、その掛軸または横額のやうなものを見つけたかどうか。

「遙拝隊長」は傑作の一つと評判の高い作品で、愚劣な軍人気質が戯画化されてゐる。その諷刺は痛烈だが、井伏さんは一向に大上段に構へてゐない。目立たぬやうに急所をぴたりと押へてゐる。井伏さんによると、主人公の性格は、南方へ送られるときの輸送指揮官の性格をとつたと云ふ。あるとき、発作が起ると戦争中だと思つて行動する気狂ひの話を聞いた。それと、井伏さんが南方で実際に見聞した「戦争は贅沢だ」と云ふ兵隊の言葉の二つが、この作品の産れるもととなつた。むろん、それが井伏さん自身の戦争への厭悪感に裏打ちされてゐることは云ふまでもなからう。

「ワサビ盗人」と「かきつばた」は共に昭和二十六年に書かれた。「ワサビ盗人」は文字通りワサビ泥棒の話で、戦後の泥棒の多いころのことである。当時は泥棒のボスがゐて浅草辺の浮浪者を使つて泥棒させたと云ふ。ワサビには鳥取系、紀州系、伊豆系の三種があつて、伊豆系はずんぐり大きくダルマと云ふ、とは井伏さんの話である。「かきつばた」は終戦前後の世情を鮮やかに捉へた作品だが、冒頭の文章など見ると、井伏さんの眼がいかに鋭く正確であるか判る。井伏さんの話によると、この作品の終りになまめかしいカキツバタの花の思ひ出として、指物師の娘が池に浮んでゐる話が引用されるが、これは岩野泡鳴の「青春」の話ださうである。

「猫」「琴の記」「おふくろ」は三十四年から三十五年の作品で随筆集「昨日の会」に収めてある。太宰治が井伏さんに師事したことは衆知のことだが、太宰治の死後、井伏さんは故人について幾つか追憶の文章を書いてゐる。「琴の記」はその一つである。さり気ない表現のなかに、故人を想ふ井伏さんの気持が美しく流露してゐる。「おふくろ」に余計な言葉を弄する必要はあるまい。まことに見事な短篇であつて、清清しい気持で脱帽する他ない。

「無心状」「コタツ花」は共に作品集「無心状」（昭和三十八年）に収録されてゐる。永井龍男氏は「無心状」を読んで井伏さんに、あの話は嘘だらう？　と云つた由だが井伏さんは本当だと云ふ。前に、家兄に金を送らせるのにいかに巧く嘘を書くかで文章修業をしたと云ふ井伏さんの話を聞いたことがある。井伏さんは植物の他に小動物、昆虫等にも関心が深いが、「コタツ花」（「猫」もさうだが）を見るとそれらの動きや姿を執拗なまでに観察してゐるのに気がつく。「見てゐるおいらの方が、くたびれちやつたよ」と作中の爺さんは云ふ。しかし、井伏さんは草臥れるどころか凝つと視つめて飽きることがない。

「かきつばた」を見ると判るが、広島に原爆の落ちたとき井伏さんは四十里ほど離れた郷里にゐた。「黒い雨」は原爆を扱つた作品である。これを書くとき井伏さんはいろんな人の日記、手記、話を熊手で集めるやうに集めたと云ふ。その資料について井伏さんから話を聞いたが、それをここにあげる余裕がない。おそらく作品に生かされたのはその極く一部にすぎまい。ある被爆者から日記を提供するから書いて欲しい、と云はれたのがきつかけださうである。原爆の落ちたのは悲惨な事実だが、井伏さんはこの事実を静かに書いてゐる。一切の雑音から最も遠い場所で書いてゐる。主義主張や標語を嫌ふ作家にとつて当然のことで、井伏さんはこの事実に、一筋の道を貫く作家の良心をもつて対してゐるばかりである。それが、庶民の倫理を乱すものへの怒りと悲しみに他ならないことは云ふまでもない。

五十五年

〔談話〕

——あれは、僕がまだ明治学院の英文科の学生だった頃だから、昭和十三年だったかな、十四年頃だったかな。明治学院に「白金文学」という雑誌がありましてね。それに「千曲川二里」という短編を出したんです。信州の方を旅行したことを書いたんだけど。それを載せて、井伏さんのとこへ送ったんです。井伏さん、太宰さん、その二人ぐらいに送ったかなあ、どっちも僕が好きな作家だったから。あれは四年ぐらいだったかな、もう卒業の近い時です。そうしたら、井伏さんからおはがきが来ましてね。言葉は今でも覚えてるけど、

「前半はおもしろかったけれども、後半は観念的である」

と書いてあったんです。おはがきをいただいたんで、僕は嬉しくなっちゃってね。そのはがきは大事にして、今でも持ってる。

それを力にして、清水町のお宅へ、のこのこひとりで出掛けていったんです。おっかなびっくり、会ってくださるかしら、どうかしらん、と思いながら行ったんです。

その頃は、四面道《しめんだう》の角に交番があってね。まだ四面道があんなに立派になる前で、石燈籠か何かあって四面道は田舎道みたいだった。井伏さんのお宅の詳しい道順がわからないんで、交番へ行って訊いたんです。そうしたら、

――ああ、あの小説家かあ。

なんて云ってね。井伏さんの、お巡りさんを書いた小説があったでしょう。「多甚古村」だったな、ちょうどあれの出た後で、お巡りさんもああいうのには興味があったと見えて、「あの小説家か」ということになったんだと思う。

――あの人の家は……。

それで間違えないで行ったわけです。

玄関に入って、

――ごめんください。

と云ってから、普通は奥さんが現れて――と思っていたら、

――ハーイ。

と、頓狂な声がしてね、先生御自身が現れたので、吃驚仰天しちゃったな。

――この間雑誌を差し上げた者で……。

と云ったら、

——あ、あ、お上がり。

って、気軽に上げてくだすった。

そのうちに、買い物に行っていらしたんだろうな、奥さんが帰ってみえて、お茶を出してくださったりして。その時に、何の話を伺ったかなあ。——ああ、一つ、憶えている。

——君も小説を書く気があるんなら、葛西善蔵を読まなきゃいかん。

と、そういう話をしてくださったなあ。そんな記憶があります。その頃、井伏さんは葛西善蔵をたいへん高く買っておられました。尤も、この評価はその後多少変化したけれども。

先生が、

——今後、どうするんだ。

と云われるから、

——早稲田へ入ります。

と云ったら、

——早稲田には僕の郷里の石川隆士という男が入るから、入ったら、その男と友達になるといい。これは詩を書いている。

と、そういう忠告をしてくださった。それで僕は、早稲田に入ってから、その石川と親しい友達になりました。

それが最初ですね、井伏さんにお会いしたのは。そんなことで、一時間か二時間おしゃべりして、失礼した。それがまだ早稲田へ入る前ですから。明治学院の時はもう一回ぐらい行ったのかな、その辺の所は、どうもはっきりしません。それから後の記憶は、もう早稲田へ行っちゃってる。

ですから、古いと言えば古いかもしれんな、今言った石川なんかは、先生と同郷だから、僕よりもっと古い。尤も、あの男はもう死んじゃったんで。いなくなっちゃったから……。それで、それに力を得ましてね、早稲田へ入ってからは、もうほとんど一週間置きぐらいに行ったかなあ。井伏さんもさぞかし迷惑だったろうと思うけどね。しょっちゅう行きましたよ。うん。

それで、伺っているうちに、先生が、

——君、将棋指すかね。

と訊かれた。僕はその頃将棋に夢中だったもんだから、

——指します。

と云った。そしてやってみたら、勝ったり負けたりで、ちょうどいい勝負だったんですよ。そうしたら、井伏さん、喜んじゃってね。

――ああ、これはいいや。

なんて云って、その次から、僕の顔を見ると、黙って将棋盤を持ってくるんですよ。

――やろう。

と云って、すぐ将棋が始まって、文学なんて全然、話、ないの。

お酒は全然飲まなかったですよ、最初の頃は。僕はその頃、阿佐ヶ谷に下宿している友達がいましてね。ある日、そこへ遊びに行ったとき、その友人が知っている阿佐ヶ谷の飲みやへ這入ったんですよ。何という飲みやだったかな、名前は忘れちゃったけれど。飲んでいたら、そこへひょこひょこ井伏さんが入ってこられた。僕が吃驚してお辞儀したら、

――ああ、君、酒飲めるのか。よかったなあ。

なんて云ってね。それがきっかけで、その次は将棋が済むと、

――さあ、行こう。

と、今度は街へ酒を飲みに連れて行ってくだすった。それから、お酒の方も指導されました。

井伏さんのお酒は、いつまでも飲んでいらっしゃるんですよ。昔は強かったから、量も大変だったろうと思いますけれど、時間も大変でしたね。昔は終電車までは必ず飲んでいらっした。戦後、タクシーなんかがふんだんに出回るようになってからは、朝三時、四時、明る

くなるまで。僕らが荻窪で飲んでると、大抵もう朝の牛乳配達が通りましたよ。

場所はもっぱら阿佐ヶ谷でしたね。それから、「ほとぎす」なんていう店が出来てからは、中野にもよく行かれましたね。中野で飲んでも、帰りは阿佐ヶ谷で降りるというような。阿佐ヶ谷はずいぶんよく行かれました。先生の漢詩の訳に「アサガヤアタリデ大ザケノンダ」とあるが、文字通りその通りでした。それから、最後は荻窪、地元だからね。一軒で帰るなんて、決してあり得ないから、必ずハシゴです。

もうその頃になると、僕ひとりです。みんな、

――失礼します。

って云って、いつの間にか、帰っちゃうんだもの。そうすると井伏さんは、

――一人去り、二人去り、近藤勇はただひとり……。

それが口癖でね。なぜ「近藤勇」が出てくるのか、これがさっぱりわからないんだ。

みんなお勤めがあるでしょう。僕はその頃早稲田でも、明日は休みなんていう日がある。そういう時はお付き合い出来るから、お付き合いしました。それで車に乗って青梅街道を来て井伏さんが降りられてから、またうちまで乗ってくるんです。

井伏先生は、昔は専ら日本酒だけでした。あれは何だろうな。お医者さんに注意された、と云われたと思う。何年前だったか忘れたけれど、ある時期から、

――オレは、これから、ウィスキーにするよ。

と云って、日本酒をやめて、水割りを飲むようになりましたが、それまでは、専ら日本酒ばっかり。

それから、旅行も、何が一番最初だったかな。忘れちゃったけど、甲州へはよくお供しました。甲州の波高島《はだかじま》なんていうところへ連れて行かれた。井伏さんは、目的があるんです、田舎へ行って、のんびり小説を書こうと。だからいつも原稿用紙を持って旅行されているわけ。我々はそれに便乗して、くっついていくだけです。甲州旅行の場合はそうでした。井伏さんは原稿をお書きになる、その旅行に、

――君、行かないか。

と誘われる。それで、行かない、と云うと、先生、ブスッと、怒るのよ。だから、

――はい。参ります。

って、ついて行くの。井伏さんもひとりだと退屈だったんだろうな。だから、ついてって、原稿のちょっと書けない時なんか、将棋でも指すのがよかったんじゃないかしらん。

でも、先生は実際に書かれましたよ、何というのだったか、作品の名前はちょっと忘れたけれども。波高島は下部温泉の次の駅だけど、そこの旅館は、田圃の中の一軒家なんですよ。それで風が強くてねえ。そこの二階で、先生は座敷の真ん中に机を据えて、インク瓶にペン

をつけながら書かれましたけどね。それで、そのインク瓶を原稿用紙の上に置いて、ちょっと休まれるでしょ。風が強いから、インク瓶ごと、原稿用紙が飛ばされちゃうの。そのぐらい風が強かった。波高島の枕詞は「風荒き、ですね」なんて話し合った記憶があります。旅館の庭先の松に凌霄花《のうぜんかずら》が這い上っていてね、その紅い花が激しくゆれていたのが見えるようだな。

その時は僕と吉岡達夫とがついていきました。この頃は大体吉岡も一緒でした。あそこは下部川が流れていて、先生、合間には釣りもなさる。それで、僕と吉岡に見本になる虫を見せてね、石の下にこういう虫がいるから、取ってくれ、とおっしゃる。我々は二人とも釣りが出来ないから、恐いんだよ、あの虫が。何だか気持ち悪いし。

——おまえ、取れよ。

——おまえ、取れよ。

なんて、押しつけあってね、なかなか取れなかった。そしたら、先生が見てて、

——おまえら、釣り師の見込みはないな。

なんて笑っておられたけど。想い出すと懐かしいな。

僕は、それでも、釣竿を買っていただいたことがあるんですよ。胸を悪くして、一年ばかり寝ましてね。治ってちょっとした頃にね、井伏さんのお宅へ、やっぱり遊びに伺ったのか

な。そうしたら、

——ちょっと出よう。

と。もうその頃は飲めるようになっていたかもしれないけれども、阿佐ヶ谷へ行こうとおっしゃって、行ったんです。昔は、阿佐ヶ谷の駅の線路に面したとこに、釣具屋があった。昔は電車があんな高架じゃなかったので、電車からよく見えました、今はどうなったか、わからない。そこの釣具屋に、

——ここへ、ちょっと、君、入ろう。

と仰言て、入ったんです。そうしたら、井伏さんが一生懸命に釣竿を、これはどうか、これはどうだとか調べて、

——うん。これがいいかもしれない。君、これ、どうだ?

って仰言る。僕は、どうだと云われても、釣竿なんて、いいも悪いも判らない。だから、

——はあ、結構です。

なんて云ったら、

——君も酒ばっかり飲むのが能じゃあるまい、たまには釣りでもやりたまえ。

つまり、僕が病気で寝たでしょう。だから、釣りをやると丈夫になると思われたんでしょう。少し釣りでもやれという意味で、釣竿を買ってくださったんですよ、その時。その竿は

一遍だけ使いました。小原《おばら》温泉へ行ったんです、その釣竿を持って。伊馬春部さんて、いたでしょ。あの人が、

――小原にいい旅館がありますから、あそこへ行きませんか？

と、僕と井伏さんと横田瑞穂さんとで酒を飲んでいるときに、しきりに勧めるんですよ。横田さんは早稲田の先生で、もう亡くなりましたけどね。それで、そこへ行くことになりました。井伏さんが、

――そこの川では魚が釣れるのか。

と云ったら、伊馬さんが、両手を拡げて、

――それは、釣れますとも、こんな大きいのが釣れます。

なんて云ってるんですよ。そうしたら井伏さんが、

――ああ、それじゃ、そこで釣りをしよう。小沼も、オレがやった釣竿を持っておいで。餌も店で買っておいで。

と注意してくだすったので、僕はちゃんと釣竿を持って、吉祥寺の釣具屋で餌を買って持って行った。何の餌だったかな、あれ、入れ物に入っていたんだけれども。それを買って、お供して、汽車で行きました。そうして宿に着いた。横田さんも伊馬さんも釣りはしない。だから井伏さんと僕とで釣りの仕度をした。

――君、針のつけ方はこうだ。最初はこういうふうにやるんだ。とか、いろいろ教えて頂いた。宿のすぐ下を川が流れているんです。それで、その横が川原で、すぐそこまで水が来ているから、非常に便利なんです。だから、すぐやろうと云って二人で下駄を履いて出て行って、川原で水に向かって糸を垂らした。

僕は新米だから掛からないだろうけれども、新米でも案外大物を釣ることがあるかもしれない、これは先生より大きいのを釣ってやろう、なんて思ってやっていたかもしれない。そうしたら、トントンと、肩をたたく人がいるの。何だろうと思って後ろを見たら、宿屋の番頭が来ててね。それが、

――この川は今は魚がいないから、だめですよ。

なんて云うんです。一尺ぐらいの川なんだそうです、本当は。それがちょうど春先で、雪解け水でものすごく増水しちゃって、それだけずうっと川幅が広がっていると云うんです。ふだんは魚の来ない川原の浅瀬、そこへ我々は、こうやって糸を垂れていたから、そんなとこに、いくらいたって、魚は来ない、番頭はそう云うわけです。これには、井伏さんもギャフンでした。

――ああそうか。ここは、来ないとこか。

と。それで、いつだったか、

――先生は釣りの名人ということになってるけど、僕が一緒のときは、先生、釣れたことありませんね。

と云ったら、先生は非常に不愉快な顔をなさった。

――魚は人を見る目がある。君が一緒だと、魚は、あっ、悪いやつがいると思って、寄ってこないんだ。だから、君がいる時は釣れないいんだ。

と云うんだ。そんな莫迦な話はないよね。

それで、そのときに買っていただいた釣竿は、一遍、そのときに使っただけです。その後は、使おうと思っても、もう機会がないや。それを、僕は、今でも大事にしています。

それから、これは小説に書いたこともあるんですが、埼玉県の弘光寺というお寺にお供したことがあります、その和尚さんが来てくれと云うんで。その和尚さんも、この間亡くなったけど。その和尚さんがまた井伏さんのファンでしてね、うちにもちょっと来たことがあるけれども。昭和二十四、五年かな、戦後すぐの頃でした。人が動くにもお米を持っていかなきゃいけないような時代だったなあ。井伏さんが「米を持っていこう」とおっしゃって、たしか、封筒か何かに米を入れて持ってった。

大根漬けの名産地。あの駅は何て云ったっけ――そうそう、岡部。お寺はその駅なんですよ。あの頃は進駐軍の払い下げの軍服があったでしょう、背中に"PRISONER OF WAR"

とついた。そこで降りたら、そういうのを着た坊主頭の変な男が、プラットホームをとことことやってくるから……、今「知性」にいる小石原昭君と、

——小沼さん、小沼さん、変なのが来ましたよ。

——うん、変なのが来ましたね。

なんて話していたら、その人が井伏さんに丁寧にお辞儀して、

——お車の用意が出来ております。

って云うの。だから皆喜んじゃってね。小石原君と僕と、誰だったかな、あと二人いたんです、四人で井伏さんを囲んで行ったんです。二十四、五年頃だから、車なんて、あるわけないんだ。それが「お車」と云うから、

——あるいは人力車かもしれないよ。

なんて、人力車でもつらねて行くのかと思って、我々はいい気持ちになってたかもしれない。どういうものか、駅前の広場の辺に子供や大人が、何だかざわざわ、いっぱい固まっているんですよ。そうしたらその坊主頭の人が——それが和尚さんだったんだけど、

——お車の用意が出来ましたから、どうぞ。

って云うから、ついて行ったら、人垣の向こうに消防自動車があるのよね、広場の横っちょに。「お車」というのは、消防自動車。村の消防自動車を出してくれたわけ。あの時は、

みんな、吃驚しちゃったねえ。

——消防自動車に乗ったのは我々ぐらいなもんだろう。

と、みんな、あの頃は威張っていましたがね。本当に、あの時は、驚いた。あの和尚さんも、死んじゃったなあ。

その時は、我々が乗るでしょう。そうすると、

——あ、あれは役場の会計係。

とか、見てる親父たちが、我々の品定めをやってるのよ。それで、井伏さんが乗ったら、

——あ、村長さんだぞ。

なんて云ってるんだ。井伏さんは村長さんにされちゃったな。我々は会計係。

それで、向こうで酒を出してくれて、なかなか愉快でしたけどね。

やっぱり、ああいう経験は、一遍だけのものですねえ。それから何年かたって、もう一回弘光寺へ行こうと云うんで、井伏さんと、それから「新潮」の菅原国隆君も一緒になって、吉岡達夫もいたかな、やっぱり三、四人で行ったんです。その時は、井伏さんが、また車を出してくれって、和尚さんに頼んだの。だから、また消防自動車が待ってましたよ。最初の時は新品できれいな消防自動車が、今度はもうオンボロ自動車になってね。もう何年もたってるから、古ぼけて汚くなってるのが、広場の隅っこにしょんぼりあった。ちょっと、がっ

かりしたな。あんまり乗りたくなかったから、感激なかったですよ。やっぱり、あんなものは、一遍でいいんだね。

あんなもの、火事でもない時に人を乗せていいものかどうか、わからないけども。その消防自動車を管理している誰かが、そのお寺の偉い人なんですよ。それで、自由に出来たらしいんですね。

それにしても、井伏さんはお丈夫な方だったな。何年か前に病院で精密検査をなさった。我我が、

——先生、どこか悪いところが出ましたか。

と伺ったら、上から下まで調べて、

——どっこも悪いとこない。

って。あんなお年で、どこも悪いところがないって。本当に丈夫なんですよ。胃腸は丈夫だし。だから非常に食欲が旺盛でね。それであきれたことがある。これは別の話だけれど。ただ、あれは釣りのせいなのかな。裸足で岩の上をピョンピョン歩いたりするのが、いいのか悪いのか知らないけど、神経痛が出て、散歩が出来なくなっちゃったから。散歩をしていらしたら、もっとずうっと長生きなさったと思うんだ。歩けなくなっちゃったからね。動けなくなったから。あれがちょっと残念だなあ。

晩年は骨董とか何かにもずいぶん夢中になられたけれども、僕はそっちの方はあんまりよく知らないんでね。

先生のお住まいは、四面道の交番で訊いた最初の頃は清水町二十四番地だった。よく覚えてる。今は「清水町」でなく、ただ「清水」って云いますけども、昔は、清水町二十四番地。前の家は、何か、その辺の、ちょっと知り合った大工に建ててもらったのかな。今のお家は、広瀬三郎さんという、井伏さんの親しい建築家の設計です。

昨日も、

――何年のお付き合いですか。

って新聞社に聞かれて、考えたけれど、二十歳頃からですからね。今僕はもう七十五だから、五十五年。長いんだ。時間的に云うと、お酒のお付き合いが一番長いですね。将棋と、お酒と。でも、こっちも酔っぱらっちゃうから、何を話したか、みんなきれいに忘れちゃったよ。

東北の旅

井伏さんの随筆「還暦の鯉」は、「東北方面へ鮠釣《ハヤツリ》に行つて来た」に始つて、「阿武隈川支流の白石川《しろいしがは》と、県境の向うの最上川上流で釣るつもりで出かけたが、さつぱり釣れなかつたので」最上川上流の釣は諦めて、「土地の旧家を訪ねて古美術品を見せてもらつた」と書いてある。

さつぱり釣れなかつたこのときの白石川の釣に就いては、僕も以前一、二度書いたことがあるので、茲では省略して「土地の旧家を訪ね」た辺りからこの話を始めようかと思ふ。先日、古い書類を整理してゐたら、このときの東北旅行の次第を記した簡単な覚え帳が見つかつたから洵に都合が好い。井伏さんは触れてゐないが、この旅行には同行者が三人ゐた。一人は伊馬春部氏で、一人は横田瑞穂氏、后の一人が小生で、この旅行の提案者は伊馬さんで、旅行は伊馬さんのお膳立に従つて進行したやうに思はれる。但し、釣は伊馬さんの予定にはなかつたらう。伊馬さんは釣をやらないからである。

覚え帳によると、魚が一匹も釣れなかつた翌日は好い天気で、遅い朝食のあと、白石のホテル・鎌倉の車で隣の山形県の小松にある樽平《たるへい》の醸造元へドライヴしてゐる。これも伊馬さんのお膳立の一つだつたらうと思ふ。途中には古い家のある鄙びた風情の村落が多く、このドライヴはなかなか愉しかつた。現在は知らないが、当時は擦れ違ふ車は殆どなかつたのではないかしらん？　覚え帳には、こんな道は今后二度と通ることはないだらう、なんて書いてある。

ホテルの女主人が案内役として車に乗つてゐたが、この女主人の話によると、途中の村落の多くは炭焼と酪農で生活してゐると云ふことであつた。何とか云ふ峠があつて、この峠を越すと山形県になる。案内役の女主人が、

——これから、山形県になります。

と説明したら、井伏さんが、

——伊達政宗は、国境を決めるとき、必ず峠より先方に入つた所に境界線を定めたさうだ……。

と云はれて、何だか面白かつた。山形県に入る少し前に清水の湧いてゐる所があつて、そこで清水を飲んだり、ビイルを飲んだりした。清水の湧く所には水芭蕉とかイチゲがあつたが、この名前は女主人に教へて貰つたのである。イチゲと云ふのはイチゲサウのことで、これは一輪草のことらしい。この女主人には、前日には、白石の駅からホテルへ行く途中、崖

の所に咲いてゐたカタカゴ（片栗）の花を教へて貰つたりした。横田さんなんかは、この女主人は案内人として表彰しなくちや不可ん、と力説してゐたくらゐである。

峠を降ると、雨が激しく降つて来た。雨があがると、低い赤茶色の山の彼方に、雪を頂く青い連山があつて、陽を浴びて美しい、と覚え帳には書いてあるが、この青い連山が何か判らない。名案内人の女主人のことだから、

――あの山は……。

と説明して呉れたに相違ないが、全然記憶にないから情ない。昔なら、ちよいと伊馬さんに電話して――ちよつと伺ひますが……とやればよかつたが、生憎伊馬さんは疾うに亡くなつたから話は通じない。これは横田さんも同じことで、話が通じないなら、仕方がない、と諦める他はない。

覚え帳ではこのあと、小松樽平の井上氏方に着く、となつてゐる。時間は書いてないが、多分、午后も遅い時刻だつたのではないかしらん？「還暦の鯉」には「釣は諦めて、川西町小松といふ物淋しい町の井上さんといふ旧家を訪ね、美術館の古陶器を見せてもらつた。」と書いてある。われわれも早速、美術館――巧芸館と呼んでゐたが、そこで中国、朝鮮、日本の古陶器を見せて貰つた。それから蔦のからまつた石造りの応接間と云ふものも見て、もう一つ、大きな酒造場も見せて貰つた。このときは休業中だつたが、操業中だつたら、見せ

てくれたかどうか知らない。このあと、井上さんのお宅の二階の広間で御馳走になつた。記録には「鯉の大きな奴出る」とある。当時僕と横田さんは新宿樽平の常連であつたが、伊馬さんは銀座樽平の常連であつた。このとき山形の家には銀座の主人がゐて、翌日迄いろいろ世話してくれたから恐縮した。無論、これも伊馬さんのお膳立であつたらうと思ふ。

夕刻、井上さんの家を出て、車で上ノ山温泉に行つた。茲で気が附いたが、ホテルの車は小松から引返して行つたので、小松から上ノ山迄は別の車に乗つて行つた。覚え帳を見ると、「日が昏れる。眠つて醒めてもまだ上ノ山に着かず」とある。車に揺られて好い気持になつて一眠りして、眼が醒めても車は真暗な一面の闇のなかを走つてゐて、一向に上ノ山に着かない。このときはたいへんな遠距離を乗つたと思つたが、后で地図を見たら、思つたほどでもないので呆気にとられたかもしれない。

遠く上ノ山の灯が見えると、一面の闇に心細くなつてゐたらしい伊馬さんは、井伏さんに向つて、

——先生、灯が見えます……。

と嬉しさうに云つた。ところが井伏さんは何とも云はれない。隣に坐つてゐる井上さんが振返つて、低声で云つた。

——先生はお休みになつてをられます。

間もなく上ノ山に入つたら、横田さんだつたと思ふが、

——この町は莫迦に明るい町だ……。

と感心した。みんな、それに賛成して、うん、明るい町だ、とか新宿より明るいとか云つたが、格別そんなに明るかつた訳ではない。長いこと一面の闇のなかを走つて来た眼で見れば大抵明るく見える。

それから、村尾なる大きな旅館に入つて、入浴したら、夕食出て閉口、と覚え帳にある。樽平で御馳走になつたばかりだから、とても腹には入らなかつたのだらう。しかし、進行係の伊馬さんは井上さんと相談したのかしらん？　芸者が三人来て、おばこ節とかこの地方の民謡を唄つた。井伏さんは睡さうな顔をして聴いてをられたから、

——先生、睡いんでせう？

と云ふと、

——うん。睡い、俺はお先に失敬するよ。

と云つて、さつさと寝床に入つてしまつた。后は右へ倣へと云ふことになる。

右へ倣へのせゐで、みんな早寝したからだらう、覚え帳を見ると、翌朝は、七時起床、将棋二敗、とある。井伏さんと旅に出ると、よく将棋を指す。勝つたり負けたりだが、この朝は二敗してゐる。大体、旅に出ると井伏さんの方が勝率がいいやうである。将棋が終つて、

井上さんや伊馬さん、横田さんも加はつて庭を見ながら茶を喫んでゐたら、庭に山鳩がやつて来た。山鳩を見ると井伏さんは、

——この分ぢや、この庭には兎も来るでせうね……？

と井上さんに云つた。井上さんは返事に困つて、はあ……と云つて笑つてゐると、伊馬さんが、

——先生、上ノ山はこれでも市なんですからね。

と云つたから可笑しかつた。伊馬さんに依ると、井伏さんは昨夜あまり長いこと真暗闇のなかを走つたので、きつとどこか見知らぬ遠い山のなかにでも連れて来られたと錯覚なさつてゐるのではないか、と云ふのである。井伏さんも町のなかで兎云云は失言だつたと気附かれたらしい、真逆、そんなこと……と云ひながら、

——失敗だつたかな……。

と片手で頭を押へたから面白かつた。

この日は朝食の后、車で井上さんの伯父さんの長谷川と云ふ人のやつてゐる蟹仙洞《かいせんどう》とか云ふ美術館に行つた。「還暦の鯉」を見ると、「上ノ山温泉の近くの長谷川さんといふ旧家を訪ね、ここでもまた個人蒐集の堆朱、堆黒、蒔絵、刀剣など陳列してある博物館を見物した」とある。還暦の鯉を見たのはこの后で、覚え帳には「美術館を見た后茶を喫み休息す。庭に

池あり、鯉多し。一四、づば抜けて巨きな鯉あり。六十年になると云ふ。井伏さん曰く——還暦だ。みんな笑ふ。正面に山見えて宜し」と書いてある。

この后、これは多分井上さんの提案だつたと思ふが、何とか焼の窯場へ行つた。何とか焼としか云へないのは申訳ないが、覚え帳にも記録してないのだから仕方がない。多少緑がかつた灰色の肌の焼物だつたと思ふが、茲で嬉しかつたのは、井伏さんが同行三人のために、湯呑茶碗に朱で字を書いて下さつたことである。尤も、井上さんには、茶碗ではなくて皿か何かだつたと思ふ。覚え帳には「朱のもとは酸化鉄の由」なんて書いてある。窯元の主人に聞いた話を記したのだらう。后日、この茶碗が焼上つて東京に届いたとき、われわれは大いに歓んで、井伏さんと銀座樽平の井上さんを招んで茶碗の会を持つたが、これはまた別の話である。

この日はこの后山形駅まで送つて来た井上さんに別れ、井伏さん他三人は汽車で仙台へ出て、仙台で浅酌の后、また汽車に乗つて白石に至り、再びホテルの車でホテル・鎌倉に戻つた。十時頃ではなかつたかしらん？　覚え帳を見ると、それからまたビイルを飲んで、井伏さんと将棋を始めて暁四時に至る、と書いてあつたから、正直の所吃驚した。戸外明るし、井伏とも書いてある。あの頃は井伏さんもお元気だつたものだと思ふ。但し、このときの勝敗は記録がない。どう云ふ訳かしらん？

II

「晩年」の作者

太宰治の文学、は「晩年」に始まり「晩年」に終つた。

死なうと思つてゐた。ことしの正月、よそから着物を一反もらつた。お年玉としてである。着物の布地は麻であつた。鼠色のこまかい縞目が織りこめられてゐた。これは夏に着る着物であらう。夏まで生きてゐようと思つた。（葉）

これが「晩年」の劈頭に現はれる文章である。「死なうと思つてゐた。」しかし、これには何の説明も註釈もない。しかしその死なうと云ふ気持は、一反の麻を貰つたことで容易に生きようと云ふ気持に転換される。これは何事であらうか。嘘つ八なのか出鱈目なのか、安易なのか、否、むしろ、それほど死が彼に身近なものであつたからである。それは太宰治の生理作用の一つのやうにすら見えぬこともない。彼が過去何回かに亘り、死、を企てたことは周知のことであり、彼自身、作品にも書いてゐる。彼は死と云ふ人生の厳粛なるべき事実に戯れ、絶えずその深淵のふちにあつて危険な綱渡りを演じた。

太宰治はその文学の出発に於いて、死を伴侶としてゐたのである。彼は云ふ。「その日その日が晩年であつた」と。「晩年」は、彼の生活の決算に他ならぬ。若きこのロマンチックは、古典の一行に過去の全生活をかけるほどの、芸術的恍惚と不安をもつて「晩年」に過去の決算を求めた。死を企てた。が、彼は生きた。それが幸であつたか、不幸であつたか、僕らは知らない。尠くとも僕らは、それ以後彼が次次と発表した作品を読む愉しみを与へられたわけである。しかし、太宰治は「晩年」以後、新たに加ふべき何ものとてなく、絶えず死の河の辺りを歩きながら、「晩年」の――人生の青春にあつて既に老人であると云ふ奇怪なる「晩年」の、ヴアリエイションを奏でたのではなかつたか。再び第二の決算、第二の「晩年」を必要とするまで。即ち「人間失格」に至るまで。「晩年」の大庭葉蔵は再び決算を必要とした。僕が「晩年」に始まり「晩年」に終つた、と云ふのはこの意味である。

僕はいま茲《ここ》に、太宰治論を展開するのではない。早急の間に、慌しい感想文を記さうと云ふのである。僕は太宰治の著書は「晩年」一巻を除いて疎開に際し悉く売り払つた。「晩年」一巻を除いて――何故なら「晩年」一巻は僕にとつてなつかしい書物だからである。尠くとも僕にとつて、「晩年」ほど彼の文学中で僕の心を動かしたものはないのである。いまこの一文を草するに当り、僕は久し振りに例の白い大阪の「晩年」を手にとり、一昔前の感動が遠い海鳴りのやうに心のどこかに伝はるのを感じないわけにはいかなかつた。そこに僕は僕の喪つた日を見る。そこに、僕は僕の過去の一時期の映像を見る。いま再び、過去の感動を「晩年」に求めることは出来まい。また、それを求めようとも思はぬ。再び云ふ、これは僕になつかしい書物である、と。そこには、自らつくり出した人生の黄昏の裡にあつて挽歌を綴る作者の悲しくもまた美しい姿がある。

太宰治はその後次次と多くの作品を発表した。それらは気の効いたオオドオブルであり、色美しいボンボンであり、洒落たデコレエション・ケエキであり——ときに読者を微笑せしめ、ときに眉を顰めさせ、ときにそぞろ哀感に誘ひ、その卓れた才能を駆使し、見事な技巧を凝らした結晶であつた。が、そこには何ものかがある。リリシズムと云ふには澄明に欠けた。清濁併せ呑むには、骨組が弱かつた。何か、もどかしさ、に似たものがあつた。ときには、酔はんとする鼻先に水をつきつけるやうなものがあつた。何故なら彼は常に逆説的な表現を用ゐたから。

そこに、太宰治は八面六臂の構へをとつた。隙だらけのやうに構へてゐながら、細心の気配りを怠らない。緊張に疲れるほどに。もしこの構へに引つかかり、彼の一行あるいは数行に拘泥して行くならば読者、批評家は自ら道化師たらざるを得まい。而も彼は極めて暗示的な、また効果的な一行乃至数行を何気なく作品中に散らすのである。気づかねば、彼は云ふであらう。低脳である、と。気づけば、また云ふであらう。当然至極何の奇もない、と。

しかし、彼の言葉には気をつけねばならぬ。欺かれてはならぬ。内に悲哀、外には快楽を粧ひ、と云つたとしても、それはもはや違ふ。G・K・チエスタアトンは「賢者とはその頭脳に喜劇を、心に悲劇を有するものの謂なり」と云ふ。が、僕は附加する。「而して求めて死に戯るることなきものなり」と。太宰治は、死に、あまりにも慣れすぎた。彼の言葉は常にその位置から発せられてゐる。彼の絶望も悲哀ももはや世の善良なる読者が怖れ畏むそれとは異るのである。その本来の姿ではない。逆に人生に甘へてゐるのではないか。僕はひそかに思ふ。彼は人生を愛してゐた、と。彼は人生に甘へる。甘へられる限り。常に背後には死を用意しながら。絶望と云ひ、悲哀と云ふ。が、その言葉の感覚に、より重要な意味がある。笑ひつつ厳粛を語れ、と云ふ。が、これが太宰治の口から出るともう別なものになる。何故なら彼にあつては、彼の口から現はれると厳粛は既にその本来の性質を喪つてゐるからである。太宰治は悲しい作家である。彼自身の悲しさに比較すれば彼の作品の悲しさ、など問題にならぬ。

僕はかつてある夜、太宰氏と電車に一緒に乗つてゐたことがある。彼は一言も物云はず斜め先の男女を見つめてゐた。若い工員らしい男女で二人共少少間の抜けた平凡な人物で特に見つめるほどのこともないやうに思はれた。それがポオズであつたかどうか、僕は考へたくない。そのとき感じたのは、理由のない悲しさであつた。それから彼は緒の切れた下駄を、何とかうまく穿けるやうに工夫し出した。

——僕のを穿きませんか。

僕は云つた。僕は憶えてゐる。それは社交辞令ではなかつた。ただ、太宰氏の悲しさが僕にさう云はせたのである。

芸術の美は所詮、市民への奉仕の美である。（葉）

と、彼は書いた。が「晩年」のこの一行は逆説であつたらう。何故なら、死の翳の谷を歩む太宰治は、芸術家の矜持に生きてゐたから。だからこそ、この一行が出来た。何故なら、そこには不安があつたから。

が、最近、彼はこの一行に別の表現法を用ゐた。即ち、おいしいものを差上げる、と云ふのである。が、彼がさう云つたとき、そこには切羽つまつた感情があつた。「如是我聞」を見れば、既に彼の死への覚悟が窺はれぬでもない。また、彼は頗る暗示的な一行を書いてゐる。彼のやうな気弱な作家が、かくも荒れると云ふことはまぢかに永年の伴侶なる死と握手することを意味するのではないか。茲にはヴエルレエヌの云ふ恍惚も不安もない。あるものは荒涼たる風景ばかりである。殊にその二回目には、太宰治の苦し気な反転の姿がまざまざと眺められる。無理に声を絞つてゐるにすぎない。その毒舌はいたづらに声が大きく、その矢は空しく的を外れ勝ちである。このやうな作家の苦渋の姿をもつて紙面を飾るとは、一体いかなる心理なのであらうか。僕には編輯者の意図が判らないのである。

戦争終了後、僕は幾つかの彼の作品を雑誌でよんだ。その裡、「ヴィヨンの妻」が僕には一番良いと思はれた。そののち「人間失格」を読んだ。そして、不図奇妙な疑問に捉はれた。僕は茲に彼の作品を論ずるのではないから、作品に就ては何も云はぬし、むろんそれだけの余裕もない。奇妙な疑問――それは、これを書いてしまつたら太宰治は一体、何を書くのか、と云ふ疑問であつた。「人間失格」はいい作品である。しかし、一読それが「晩年」以来の総決算と判る。「晩年」をもつて出発した彼は、再び「晩年」の世界から始めてゐる。これは何を意味するのか。これを書いたあと、彼は何を書き出すのか、どこへ行くのか。それが僕には判らなかつた。と云ふより連載の次を待つことにして、深くは考へなかつたのである。が、この総決算が何を意味するか、僕がもう少し悧口だと、判つたかもしれない。しかし、僕が判る迄には一週間の日数が必要であつた。而も、その結果を知つて始めて判つた始末である。

あの日、僕はある会合に出席した。時間が早いので会場の下の喫茶室で友人と話してゐると、友人の連れが新聞を出して見せてくれた。意外であつた。僕は驚き、しかし、納得した。総決算はつひに総決算だつた、と。同時に、危惧もあつた。死んだのではないのではないか、と云ふ危惧が。太宰治を考へるときには、常にかかる考へ方が伴ふ。これは仕方のないことである。何故なら、彼は常にかかる考へ方をするやうに、読者を扱ふからである。

自殺の理由、あるいはそれに類した死の理由を、殊に作家のそれを、批判することは何にもならぬ。それを足場にして、云ひたいことを云つたところで何の益があらう。真実は、その人間の死と共に永遠に地上から消滅する。誰が真実を知らう。僕らはただ憶測するにすぎない。誰が真実を語り得よう。

戦争の始まつた翌年の秋、僕は太宰治氏の家にいつた。ある面白くないことがあつて、その是非を極めて貰ふつもりでいささか悲壮な気持で出かけたのである。玄関の上り口の上に、白い暖簾がかかつてゐたころである。這入つた突当りに坐つてゐた太宰氏は、僕を見ると、やあ、といつた。面白くない、と思つてゐた問題は簡単に片付いてしまつた。

襖をあけて隣室に這入つた太宰氏は、出てくると、出かけよう、と云つた。吉祥寺へ出るために歩いて行く途中、乳母車を押してくる奥さんに会つた。太宰氏は奥さんと二三言葉を交はした。歩き出すと太宰氏は笑ひながら云つた。

――女房なんて亭主がこんな恰好してても平気なんだ。

そのとき太宰氏はたしかハイネックの灰色のセエタアにスキイズボンを穿き、下駄をつっかけてゐた。僕は笑つた。

吉祥寺駅の北口の、太宰氏の行つたことのある店に行つたが、閉まつてゐた。駅へ行く途中、「花火」と云ふ作品が自分ではいいと思ふ、と太宰氏がいつた。本屋で「花火」ののつてゐる雑誌を探したがなかつた。あとで読んで、あまりいいと思はない、と云ふやうな手紙を出したら、返事が来なかつた。君も芸術家である以上、書出しと、最後の数行を読めばこの作品がどう云ふものか判る筈だ、と云ふのが太宰氏の言葉であつた。これは太宰氏一人に限らぬ。が、太宰氏ほど書出しの効果としめくくりの効果とのバランスに意を用ゐた作家は多くはあるまい。

新宿へ行つた。何と云ふ店か知らぬが、バアに這入つてビイルをのんだ。二人共、仲仲酔はなかつた。ウヰスキイものんだ。それでも酔はなかつた。そのうち、フロオベルはお坊ちやんだ、と云ふ言葉が出た。これは既に作品の裡に用ゐられてゐる一行である。モオパスサンは「脂肪の塊」が一番いいと云つた。これには僕も賛成した。この辺から、僕は少し酔つた。

外へ出るとすつかり暗く、街の灯が美しい秋の夜であつた。別な店で日本酒をのんだ。芥川龍之介の話が出た。

——気の毒な人だよ。

と太宰氏が云つた。芥川氏は生前、皆から悪く云はれてゐた人だ、と云つた。僕はちよつと気になつた。当時、僕は太宰氏が皆から悪く云はれてゐるかどうか、知らなかつた。一時妙な噂もあつたやうにきいてゐたが、そのころのことは知らなかつた。だから芥川氏に対する単なる同情なのか、それとも太宰氏自身を省みての憐みなのか、判らないのである。が、太宰氏の言葉には、芥川氏への同情と共に好意めいたものが感じられた。が、これは別に不思議でもない。作者自ら断る「哀蚊」に芥川氏の影響がある、と云ふのはホンの表に現はれた一例であつて、太宰氏が芥川氏をある程度意識してゐたと云ふことは間違ひではあるまい。この二人はいづれも粧へる現実、人工の現実、に生きた作家である。ただ前者がモオニングにシルクハツト然と構へたに対し、後者は自堕落な風情を装つた。前者が自衛の楯をもつてゐたに対し、後者は自らを曝し笑ひ者にした。前者に人生は一行のボオドレエルに如かなかつたとすれば、後者にダンテの神曲の一行は生活のすべてであつた。

それから話が自殺に移り、太宰氏は自殺を肯定した。そのとき太宰氏はこんなことをいつた。

——芥川龍之介が自殺したのを、独身のときは、あとに残つた妻子のことを考へ莫迦な奴だと思つた。死ぬなら一人のとき死ぬべきだと思つてゐた。が、自分が結婚して子供も出来てみると、却つて楽に死ねる気がする。

当時独身の僕はむろん、妙な顔をしたらしい。太宰氏は重ねて云つた。

——本当だよ。をかしいだらうが。

それからちよつと笑ふと附加した。

——しかし、僕は死なないがね。

僕は死なないがね——しかし、かれこれ七年になるであらうか、時代は変移し、肩の上に名声を積み上げた太宰氏は、自ら生命を断つた。むろん、その言葉はたいした意味を有つものではあるまい。会話の進行上、何気なく口に出された一言に相違あるまい。が、太宰氏の死の報知を見た僕の脳裏には、その一言がゆくりなくも甦つた。同時にそのときの笑顔が。その後、僕は太宰氏に会はないのである。

僕に盃を差さうとして、太宰氏は呟いた。

——僕は肺病だからな。


太宰治は悲しい作家である。彼がかつて好んで用ゐた道化、ピエロは悲しい。ときに傲岸であると見えたのは、あまりにも気弱だつたからであり、あまりにも見すぎた故に、彼は見ない風態を粧ふ。彼にあつては、多くが逆説であつた。彼の人生そのものも。僕はマンの「トニオ・クレエゲル」に引用されたシュトルムの美しい一句を想ひ出す。

——われは寝ねまし、されど汝は踊らでやまず。

と。おそらく、踊らずにはゐられなかつたのである。その間、絶間ない粧ひに疲労しながらも。ヴィヨン、プウシユキン、は彼の外なる古典人ではない。彼自らヴィヨンでありプウシユキンであつた。そのやうな架空の現実が、粧へる現実が、彼の生活の根底にあつたのではないか。

僕は太宰氏の死の半月ばかり前、二度、ある用件があつて太宰氏の御宅にいつた。二度とも旅行中と云ふことで会へなかつた。僕はしばらくして、手紙を書きかけた。翌日、太宰氏の死を知つた。たいした用件でもなかつたのに、何故二度も赴き、手紙まで書きかけたか、僕はいまいささか妙な気持である。

死んでからも、厄介な人物である。翌日から天気予報を裏切つて雨が降り出し、身を投げた上水の水量は増し、水は白く濁つた。僕は泥濘の道を井伏さんと歩き、その水を見た。今更、何があると云ふのか。僕は次のやうな詩句を想ひ出した。

サロメ、サロメ
恋の多くが眠つてゐる
蘭麝《らんじや》に香る石の唐櫃《からうど》

しかし、いま僕の脳裏を掠めるのは「晩年」の作者が高く掲げた地獄の門の詠歎である。

曰く、

ここを過ぎて悲しみの市《まち》

と。

友情について

太宰治に、「走れメロス」と云ふ短篇があります。

ある王様がゐて、矢鱈に臣下を殺してしまふ。臣下どころではない。妹も王子も妃も殺される始末である。人を信ずることが出来ないから、と云ふのであります。若いメロスは村から都に妹の婚礼仕度の買物に出て来て、この話を聞くと激怒する。暴虐な王を除かねばならぬと短刀持つて王城に出掛けて行つて簡単に摑まつてしまふ。むろん、メロスは殺されねばならない。が、このときメロスは妹に結婚式を挙げさせたいから、三日間だけ余裕が欲しいと申し出る。三日目の日暮までに戻らなければ、この都にセリヌンテイウスと云ふ親友がゐるからその友人を殺してもよい、と云ふのであります。

王様はむろん、メロスの云草なぞ信用しない。が、その友人を殺すのも一興と考へて許してやる。ところが結果はどうか？　メロスは往復の道を走りに走つて、三日目の夕刻まさに首を絞められようとしてゐるセリヌンテイウスのもとに駈けつけた。そのとき、縄を解かれた友人に、メロスは自分を殴れと云ふ。ただ一度だけ、疲労困憊の極に達したとき友を裏切らうかと思つたことがあつたから、と。するとメロスを力一杯殴つた友は、自分も一度だけ君を疑つたから殴れと云ふ。これを見て感動した王様はメロスとセリヌンティウスに自分を友人にして欲しいと頼むのである。

これは友情を描いた洵に美しい短篇であります。太宰治はさまざまの形で人生の真実を、人間の誠実を追求した作家でありますが、このやうに真向から人間の誠実を讃美した作品はあまりありません。思ふにこれは、太宰治のひとつの理想、ひとつの夢が結晶して出来上つたものでありませう。ここに友情の本質が極めて端的に示されてゐると云つてよい。

友情と云ふ言葉は美しいいし、また、本来美しいものであるべきでせう。古来、僕らはさまざまの美しい友情のエピソオドがあるのを知つてゐます。そして、それに劣らぬ美しい友情をもつて接し得る友人を持つてゐる人がゐたら、此上なく幸福な人間だと断言してもよい。しかし、それはひとつの理想、典型であつて、僕ら自身の生活の周囲ではなかなか見出だすことが困難であります。

君子の交るや潔しとか云ふ言葉があります。しかし、君子なるものは世間にさうざらにゐるものではありません。僕自身、君子なんてとんと縁のないものだと考へてゐます。が、この言葉は案外、友情の一面の真実を伝へてゐるやうに思はれます。つまり、人間対人間の

——友人対友人と云つてもよい——交際なるものが如何に多くの煩はしさに充ちてゐるものであるか、を。僕らの多くは欠点だらけの俗人である。欠点だらけの人間同志が正面衝突した場合、いざこざが生ずるのは当然であります。ここで僕らは、友情には寛容が必要である。と云ふことを見出だします。

ところで僕らは、多かれ少かれ友人を持つてゐます。それは同じ学校にゐるとか、同じ職場にゐるとか云ふことから生じた場合が多いでせう。そしてその友人連は、多くは僕らの好悪の判断から撰ばれるでせう。嫌ひな人間と美しい友情を持ちつづけたなんて云ふ例は、あまり聞きません。好悪と云ふ言葉を、肯定と否定と云ひ替へてもよい。ともかく、僕らは一人の友人を持つた場合、その友人を全面的に肯定する立場をとる。しかし、全面的肯定は、むろん例外もあらうが、さう永くは続かないでせう。僕らはその友人に、幾つかの否定面を見出だします。同時に相手も此方にそれを見出だす。ここに友情の試練が始まります。僕らの周囲に見出だす友情は、この肯定と否定、愛情と嫌悪の入り交つたものが多いやうに思へる。僕らはときに、その友人をいい奴だと思ひ、ときに厭な奴だと思ふ。僕はそれを悪いと云ふのではありません。それが、むしろ当然のことなのですから。むしろ、から云ふ試練によつて、僕らは一種の人間修業をすることになるのであります。友情とは、本来在るものではなく二人の人間が試練に堪へて創りあげて行くものであると云つて差支へないでせう。

僕自身、学生時代、何人かの親しい友人がゐました。僕らは互ひに笑ひ、憎み、肩を組み、傷つけあひ、そしてときには孤独であらうとした。しかし、これは青春の友情の定型であります。この裡の何人かは戦争で死にました。が、僕は彼らを忘れられない。また何人かはいまでも僕の親しい友人です。相手の美点だけ判つて欠点が見えないと云ふ、そんな無知から来る幸福もありませう。しかし、そんな幸福を僕は羨みません。それは砂の上の家と同じで、ひとたび事があれば脆くも潰え去るに違ひない。僕らはむしろ試練のなかに、人生の真実を見出だすべきでせう。この試練に堪へられぬなら、それは友情の名に値せぬ交際でありませう。

そして、何よりも友情に大切なのは誠実と云ふことである。相手を信ずることであります。メロスとセリヌンテイウスの友情は美しい。それは到底及ばぬ夢かもしれない。しかし、僕らは誠実であらうと努めることは出来ませう。そのため、愚かにも僕らが相手を信じてゐて裏切られたとしても、裏切るよりは遙かに幸福でせう。嘘つきが一番いけないのは、彼が友情を持てないことです。嘘と友情は——特殊の場合の美しい嘘を除いて——両立しないものと云へませう。

R・L・スチヴンスンはその旅行記「旅は驢馬をつれて」の序文にかう云つてゐます。

——僕らはみんな驢馬をつれた旅人です。

ところでこの旅（人生の）で僕らが見出だす最上のものは誠実な友人です。その友人を沢山見出したものが、幸運な旅行者なのです。実際僕らはその友人を見出だすべく旅行するわけです。彼らは人生の目的であり報酬であります。

スチヴンスンは過去の人であります。しかし、過去、現在を問はず友情の本質は変らぬでせう。スチヴンスンのやうに慾張らなくてもよい。よい友人が一人でもゐれば、それは混乱と汚辱のこの世界にあつて僕らを支へてくれるに充分な支柱であります。

三浦哲郎君のこと

最初、三浦哲郎に会つたのは新宿の酒場である。僕が飲んでゐるのを見て、学生が五、六人でやつて来て、雑誌の小説を是非読めと云つた。訊いてみると、まだ出もしない同人雑誌の小説のことなので頗る面喰つた。そのとき、三浦君は意気軒昂の態で抱負を語つた。どんなことを語つたのか、一向に記憶にないが、多分抱負を述べたのだらうと思ふ。それから二、三日したら三浦君は手紙を寄越した。これは、あまり意気軒昂ではない文面で、大酔のあまり失礼した、と書いてゐた。

そのつぎの週、教場に行つたら、酒場で会つた五、六人の連中が睡さうな顔を並べてゐた。その時間は、朝の八時から始まる奴だつたから、僕も寝惚顔だつたらうが、連中にしても、出席するには相当の努力を要したらうと思ふ。何だか滑稽な気がしたけれども、知らん顔をしてこの仲間に訳読をさせたら、たいへん良く出来たのは驚いた。あとで聞いたら、前の晩、同人の誰とかの家に集つて鳩首、防戦体形を整へて出て来たのだと判つた。このときの三浦君はたいへん神妙で、少しばかり照れ臭さうな顔をしてゐた。

同人雑誌「非情」に出た三浦君の「遺書について」と云ふ作品に僕は感心した。三浦君は一時、太宰治に心酔したらしい、井伏鱒二氏の作品も愛読したらしい。「遺書について」には、幾らか太宰さんの影響が見られぬこともなかつたけれども、清潔で爽快な後味があつた。僕は井伏さんのところに雑誌を持つて行つて、井伏さんにその作品を読むやうに半ば強制した。

——君、三浦君つて云ふのはいいね。

そのつぎ、井伏さんにお会ひしたら、井伏さんはさう云はれた。井伏さんも、たいへん感心されたらしかつた。僕は安心して、三浦君を井伏さんのお宅につれて行つた。あとで三浦君は僕に、おつかなくて、ほんとにうはの空でした、と告白した。

このときの作品はあとで「十五歳の周囲」と改作され、新潮に載つて同人雑誌賞を受けた。友人の出版記念会があつて出席してゐると、おくれて出席された井伏さんが、

——君、三浦君に決まつたよ。

と云はれた。そりや良かつたですね、と云ふと、井伏さんも良かつたと云はれた。

受賞した翌日かに、三浦君は雑誌の仲間と拙宅にやつて来て、賞品の置時計を見せてくれた。それから将棋大会をやつて、祝杯をあげた。みんな、将棋は弱いけれど酒は強い。三浦君も例外ではない。彼はお酒を飲むと、ちよいと勇ましくなつて奇声を発する。が、不断は

たいへん温和しい好青年と云ふ感じがする。

「非情」には西村君とか竹岡君とか、いい持味の作品を書いたひともゐたけれども、卒業したら雑誌は自然に潰れてしまつたらしい。卒業してから暫くして、三浦君は青森県の郷里に帰つた。この間、いろいろ事情もあつたらしいが詳しいことは知らなかつた。帰る前に会つたとき、何処かいい勤め口があつたら教へて欲しいと云つた。

三浦君は目下、ＰＲ編集社と云ふところに勤めてゐる。あるとき、そこの社長――多分社長でいいんだらうと思ふが――の本田さんと云ふひとから、誰か編輯を手伝つてくれるいいひとはゐないだらうかと相談を受けた。小さな社で暢気らしいから、三浦君に問ひ合せの手紙を出したら、すぐ返事が来た。

――入学試験に合格した通知を貰つたやうな気持です。

と、云ふやうなことが書いてあつて、僕も愉快な気がした。同時に、北方から遙か東京を望みながら、腕を撫してゐる彼の姿が見える気がした。その結果、三浦君はＰＲ編集社社員になつた。暢気だらうと思つたのは当方の独り合点で、実際は大分忙しいらしい。が、彼はちやんと職責を果してゐるらしい。さう云ふ点、たいへん律儀である。

上京して来た三浦君は、一夜、酒を飲みながら身辺の話をした。僕の初めて聞く話であつた。それを小説にしたいと云ふから僕は大いに賛成して、出来るだけ地味に古風に書くと、案外、芥川賞を貰ふかもしれぬ、と冗談を云つた。三浦君は、まさか、と呵呵大笑した。しかし、それが実現したのには僕自身も頗る驚いてゐる。と云ふのは、それが「忍ぶ川」だから。「忍ぶ川」は僕が話を聞いてから、半年ばかり経つて新潮に掲載された。「忍ぶ川」は僕の予想からすると、もう少し佳い作品になる筈であつた。と云ふことは、三浦君はもつと佳い作品が書けると云ふことである。しかし、この作品が三浦君の持味がよく生かされた優れたものであることは間違ひない。受賞の翌日だつたか、ある新聞で進藤純孝が「素直に祝福できる作品」と書いてゐるのを見て、いい気持がした。

「忍ぶ川」は古風かもしれぬ。しかし、僕は古風なるが故に新鮮だと思つてゐた。古いと云ひ新しいと云ふ。が、作者は渝《かは》らぬ。変るのは周囲だけである。三浦哲郎は自分の念ずる道を、確かな足取りで辿るに違ひない。

因みに、「忍ぶ川」を強引に作品に結晶させたのは編輯部のSさんである。Sさんは「十五歳の周囲」以来、三浦君に力瘤を入れてひそかに激励しつづけたらしい。三浦君が郷里に引込んでゐたときも、力づけることを忘れなかつたらしい。今回の受賞はSさんにとつても、編輯者冥利に尽きると云ふものかもしれない。三浦君も幸運だつたと云つてよいだらう。

銓衡委員会のあつた日、三浦君に電話したら、どうも落ちつきません、と云つて研究室にやつて来た。そこで友人の天狗太郎の家に行つて将棋を指すことにした。ある新聞社が三浦君に、行先をはつきりさせておいてくれと云つたから、新宿の僕の行きつけの酒場を伝へておいたと云ふ。酒場へ電話して、友人の家を教へた。が、実のところ、三浦君自身も受賞するとは思つてゐなかつたらしい。将棋を指してゐるところへ、電話がかかつて来た。将棋は滅茶滅茶になつて、ウヰスキイで乾盃した。三浦君は遠慮がちに、女房に電話していいかと断つて、奥さんに電話をかけた。

——俺、貰つちやつたんだよ。

三浦君はかすれた声でさう云つた。あるいは内心泣いてゐたかもしれぬ。「忍ぶ川」の女性を想ひ浮べて僕は感動した。

電話

学生のころ、神楽坂に住む友人に電話をかけたら、牛込警察署が出てたいへん驚いたことがある。滅多に間違ひはやらないけれども、たまには失敗もある。いつだつたか西荻窪に住む知人に電話をかけたら、「もしもし、井伏ですが」と、井伏さんの奥さんの声が聞えて来て吃驚仰天した。何とも恰好がつかなくて、慌てて電話を切つて汗を拭つた。知人の家の電話番号は、井伏鱒二氏のところの番号と、十桁の数字がひとつ違ふだけで、あとは全く同じである。井伏さんのお宅にはときどき電話をかけるので、うつかり間違へたのである。

近所に住む友人に電話をかけたが、何遍かけても話ちゆうのことがあつた。あいつ、何て長話をしてやがるんだ、と呆れてゐたら、うちの者がダイヤルを廻すのを覗いて見て、「それはうちの番号ですよ」と云つた。面白くないこと夥しいが、腹を立てるわけにも行かないのである。

先日、用事があつて若い友人の三浦哲郎に電話をかけた。前に何度かかけたことはあるけれども、番号を覚えてゐるわけではないから、かけるときは文芸手帳を覗いて見る。

ダイヤルを廻すと、年輩の女のひとの声が聞えて来て、二、三度、僕の名前を繰返して念を押すと引込んだ。僕は受話器を耳にあてがつたまま、些か妙な気がしてゐた。

三浦君のところに電話をかけると、大抵、彼の奥さんが出る。奥さんは僕の名前を知つてゐるから念を押すやうなことはしない。極めて愛想よく三浦君と交替する。しかし、このとき電話に出たのは彼の奥さんではない。奥さんのやうに愛想がよろしい、とは云へない。親戚のひとでも来てゐるのかしらん、と考へたが、まだ腑に落ちかねるところがある。

いつもは奥さんが引込むと、間髪をいれず三浦君が出る。彼の家に行つたことはないがアパアトの二間を借りてゐると云ふ話だから、むろん、電話口に出るのに時間はかからぬ筈である。それが、いつもと違つてなかなか出て来ないから頗る不審に思つた。手洗ひにでも行つてゐるのかしらん、と気をまはしてゐると突然耳許で、

——もしもし、三浦ですが……。

と云ふ声がした。

僕は唖然として、咄嗟に返事が出来なかつた。三浦哲郎は嗄れ声で、それ故にこそ「枯すすき」を歌はせると相当なものである。しかし、そのとき聞えて来たのは太いドラ声である。いくら頭を働かせてみても、何故彼が突然変異の如く声変りしたのか理解出来ない。

——もしもし、三浦君？

念のため訊いてみると、

——三浦です、三浦朱門です。

と、先方が云つた。茲に至つて漸く僕は気がついた。三浦哲郎にかけたつもりで、三浦朱門の電話番号を廻したのである。

——三浦哲郎にかけるつもりでね……。

——さうだらうと思ひましたよ、と三浦朱門は物解りがよい。手帳に並んで出てるから。

——どうも、妙なことになつちやつたな、御免なさい。

——どういたしまして。将棋ですか?

将棋の用事ではなかつたけれども、この際、彼の解釈に従ふのが穏当であらう。

——ええ、まあ……。

——残念ながら僕は将棋に弱いんです。飛車と角の動き方しか知らないんです。どうも御気の毒さま。

——どうも失礼。

何だか、たいへん草臥れた気がして改めて三浦哲郎に電話をかける気もしないのである。

往復書簡

小沼　丹様

　ご無沙汰しております。お変りございませんか。

　先日、テレビで野球の早慶戦を観ているうちに、ふと、初めてお目にかかった昔のことを思い出しました。あれは、確か秋の早慶戦の晩でした。小生はまだ仏文科の学生で、先生に第二外国語の英語をおそわっていたのです（それなのに秋の早慶戦の晩までお目にかかったことがなかったのは、先生の講義は月曜日の朝八時からで、寝坊の小生には到底出席できなかったからです）。同人雑誌の仲間たちと安酒に酔い、新宿の街を歩き廻って、樽平の前まできたとき、誰かが店を覗いて、あ、小沼丹がいる、と叫びました。みると、先生がお独りで、ぽつんと飲んでいらっしゃる。それで小生らはどやどやと入っていって、先生を取り囲んでしまったのでした。

　そんな昔のことを、ひょっこり思い出したりしたのは、先夜、小沢書店の長谷川さんから近々先生の作品集が刊行されるという嬉しい話を伺い、「村のエトランジェ」をはじめ小生の学生時代に発表なさった初期の御作を、懐かしく読み返したせいでしょう。

長谷川さんにも申し出ましたが、なにかお手伝いできることがありましたら、なんなりとお申しつけくださいますよう。では、また。

三浦哲郎

三浦哲郎様

変りありません、と云ひたいところなんだが、実は半月ばかり前から右肩が痛くなつて閉口してゐます。鈍痛があつて腕が重い。真逆四十肩、五十肩とか云ふ奴ではないと思ふが、よく判りません。半月ばかり前、研究室での授業が終つて、その日は仕事があるから真直ぐ帰る予定でしたが、何だかいい陽気で生ビイルが飲みたい。うつかり、生ビイルの飲みたい日だな、と口を滑らせた結果、学生連中と高田馬場の何とか云ふビルの屋上に行きました。生ビイルは旨かつたが、屋上は風が強くて、おまけにかなり冷い。今度は風の吹かない所へ行かうと云ふ訳で、結局仕事は消し飛んでしまつた。そのせゐかどうか、翌日から肩が痛み出したのだから、何とも情無い話です。

お蔭で筆がたいへん重くて、持つのも億劫です。いまも大いに苦労してゐる。筆を持つのは億劫だが、将棋の駒は軽くて持つのは何でも無い。先日、井伏先生と久し振りに将棋を指して負けました。別に肩のせゐとは思はないが、先生は君は負けて呉れたんだらうと云はれました。君、以て如何と為す？

作品集のこと、御心遣どうも有難う。店が潰れるからお止めなさいと云ふのに、長谷川君は頑固な人で肯かないのです。その裡長谷川君から何か話があると思ひますが、その節はどうぞ宜しく。それより、一遍将棋を指しに来ないか？

小沼　丹

Ⅲ

オルダス・ハツクスリイ

オルダス・ハツクスリイが文壇に出たころは、D・H・ロレンス、J・ジョイス、V・ウルフ、E・M・フオオスタア、W・B・イエツ等等の輝かしい名が、煌星の如く並んでゐた。これらの作家たちは、戦前に、また戦時中に作品を出してゐた。しかし、ハツクスリイは純然たる「戦後派」として登場する。

ハツクスリイは最初、シツトウエル姉弟の詩の運動に加はり詩を書いた。が、「クロオム・イエロオ」（一九二一）を書いて、小説家としての地位を確保した。

ハツクスリイについてよく云はれることは、また衆知のことは、彼が「名門の出」だと云ふことである。つまり、彼の祖父は、著名な科学者トオマス・ハツクスリイであり、父はギリシヤ学者、母はマシユウ・アアノルドの姪で、ハムフリイ・ウオオドの妹、と云ふ案配である。尚、彼の兄ジユリアン・ハツクスリイは生物学者であり、目下ユネスコで活躍してゐる。から云ふ「名門」でも本人がボンクラだと何にもならぬ。しかし、オルダス・ハツクスリイは並並ならぬ才子であつてイイトンからオツクスフオオドと進んだハイブラウの錚錚たるものであるから、まさに鬼に金棒と云ふ奴で、とんとん拍子に世に出た。彼は、T・S・エリオットやロレンスの嘗めた苦渋を些かも知らずに有名になつた。洵に幸運であつた。

ハックスリイは「戦後派」であるが、所謂戦後の混乱にまきこまれはしない。ハックスリイは極めて知的である。この点、ヴォルテエルの流れの上にあると見てよい。彼は傍観する。嘲笑する。

むろん、ハックスリイも当時の流行たる「意識の流れ」に無関心ではない。が彼はウインダム・ルイスと同じく鋭い諷刺を投げつける作家である。彼はジョイスやエリオットの文学の動きにも加はらぬ。遠く離れて孤立を守る。

ハックスリイの小説は、ハックスリイの観念の具象化である。彼は自らの知的な空想を美しく肉づけするべく、小説と云ふ形を用ゐる。だから、彼の小説はそれぞれ、独立したものではあるが、彼の思考の変移を示す連鎖ともなる。彼の思想の遍歴の跡を鮮やかに示すのである。

アンドレ・モロワの「フランス敗れたり」にガムランとか云ふ将軍が出てくる。軍事については詳しい知識をもつてゐるし、打つべき手もちやんと心得てゐる。にも拘らず動かぬ。ハックスリイがちやうどそんなところにゐた。彼は聡明である。しかし、すべては愚劣で、空しい、と云つたやうなことを考へる頭には、もはや動き出す何ものもない。観念の袋小路にあつて、行きつ戻りつ、同じことのヴアリヱイションを奏でてゐる。尠くとも、僕にはさう見えた。

僕が「ポイント・カウンタア・ポイント」を読んで感動したのは、まだ学生のころであつた。そこで、当時、ハツクスリイのものを求めて読んだ。が、「ポイント・カウンタア・ポイント」に勝るものはなかつた。この作品はハツクスリイの最高傑作であり、また、あるだらう。この頂点に到達したハツクスリイは、同時に、袋小路に行きづまつたも同じことであつた。

もしいま、ハツクスリイが新作を発表したと知つたら、僕は多少の興味をもつ。しかしそれは作品自体の出来栄に関する興味よりも、その作品を産み出したハツクスリイの頭脳の襞に対する興味である。どうも、ハツクスリイにあつては、もはや小説と云ふのは、明らかに一つの手段と化した感がする。問題は、彼の思索であり、彼の哲学である。この廿世紀の代表的選手の思想の遍歴にのみ、興味がある。袋小路から、如何にして飛出すか？　が興味の的となるのである。

ハツクスリイは「クロオム・イエロオ」に引きつづき数多の小説、評論を書いてゐる。ハックスリイの評論やエッセイは評判がよい。評論は多く、彼の小説の伴奏を奏でてゐる。否、彼の小説の鍵となつてゐる。

いま、彼の小説をあげると、「アンチック・ヘイ」（道化踊り。一九二三）を経て、「ポイント・カウンタア・ポイント」（対位法。一九二八）に到る。これには多くの人間が登場する。それが将棋の駒のやうに動かされる。それらの人物はまた、政治家、画家、作家、科学者、フラツパア、等等の各種各様の人間である。しかし、それにはいづれも肉体がない。ハックスリイの観念の糸に繰られてゐる。僕らが感動するのは、その人間共の動きを、中空にあつて俯観するからである。リリパットの国のガリヴアのやうに。

僕はいま手許にこの本をもたぬので、はつきり云へぬが、この作品にハックスリイの見せた手法も、のちにトルストイの「戦争と平和」を読んだとき、そこにちやんと原典があるのに驚いた記憶がある。因みに、ハックスリイはこの「ポイント・カウンタア・ポイント」で世界最大の作家たるべき将来性を見せた、と云はれた。

「対位法」から年経つて発表した「ブレイヴ・ニユウ・ワアルド」（見事な新世界。一九三二）は、ウエルズの分野にあるハックスリイが示される。これはフオド紀元何年とか云ふ全く機械化された世界を描いた科学小説、ユトピア小説である。しかし、このユトピアにハックスリイはむろん、夢をもつてゐるらしくは思はれぬ。かう云ふ小説は多く作家の空想力の限界を露呈する点、興味がある。尚、「クロオム・イエロオ」には既にこの作品の萌芽が見られる。次の「アイレス・イン・ゲイザ」（ガザに盲ひて。一九三六）は、ハックスリイが大胆な手法を用ゐて評判になつた。同時に、その内容も在来のハックスリイと異つたものであつた。この主人公はハックスリイに似てゐる。つまり、自伝的要素が強い。この主人公が自由を求め、ついにヒユウマニストとしての行動の世界に自由を見出すまでの苦悩の記録である。僕はこのハックスリイの「袋小路」から出た思想に愕き、その手法に驚いた。

しかし、それから三年して、一九三九年に発表された「アフタア・メニイ・ア・サムマア」（幾度か夏すぎて）で、ハックスリイは如何なる姿を見せたか、と云ふと、どうも再びもとの袋小路に逆戻りしたらしく思はれる。これには何人かの人間が登場し、不老長生が問題になる。セックスが問題になる。セックスと云へば、ハックスリイの作品には「クロオム・イエロオ」にせよ「道化踊り」にせよ、その初期のものから「性」を大胆に扱つてゐる。これはハックスリイが「性」を観念で軽く片附け得るためであらう。この小説では、百年ほど前の旧い日記が発見され、ある伯爵が女と一緒に地下室にかくれた、と記されてある。それをこの小説の主人公たちがよんでその二人を捜して見出す。地下室にゐたのは、伯爵と女ではなく、二匹の猿だつた、と云ふのである。ハックスリイはここで、人間に絶望してゐる。人間的なものに幻滅を感じてゐる行動的なヒユウマニストは消えて跡形もない。

ところで実際のところ、僕はこの後のハックスリイはよく知らぬのである。しかし、僕に判つてゐる程度のところを申し上げると、ハックスリイは第二次大戦が始まるとアメリカに渡つた。一九四四年に「タイム・マスト・ハヴ・ア・ストップ」（時は終止符をもつ）と云ふ小説を発表したさうである。

ハックスリイはアメリカに移つてから、神秘主義的な哲学に深い関心を寄せてゐる由であるが、この小説にも、多分に宗教的関心が示されてゐるらしい。のみならず、彼はその翌年「パレニアル・フイロソフイ」（永遠の哲学）と云ふ論文を出してゐる。

なほ、ハックスリイはこのあと、「エイプ・アンド・エッセンス」（猿と本質）なる「見事な新世界」の系統の小説を書いてゐる。これは二十二世紀ころの、原子爆弾生き残りの人間が扱はれるらしいが、これで、彼は人間の未来に完全に絶望してゐるさうである。

ところで、勝手な臆測になるのだが、袋小路にゐるハックスリイは、人間的なるものに絶望した思索の黄昏の裡に、「神秘主義」の軽気球にのつてとび上つたのかもしれぬ、と思はれてくる。しかし、僕には何とも合点が行かぬ。何故なら、ハックスリイと「神秘主義」は洵につりあはぬからである。しかし、メリメも晩年は新教徒となり、ストリンドベリイは、スエデンボルグの哲学に救はれたと云はれてゐるのだが。

スチヴンスン

ヘンリイ・ジエイムズは、スチヴンスンを評して、「彼は何よりも先づスタイルの作家である」と云ふが、これは一人ジエイムズに限つたことではない。その文体と技巧が完成の域に達してゐる点に関しては普《あまね》く定説がある。ウインダム・ルイスはジエイムズ・ジョイスの初期の作品がスチヴンスンを彷彿たらしめると云ふが、このときルイスはジョイスの作品のもつ完成された姿をとらへて評してゐるのである。天性美貌なる言葉がある。が、スチヴンスンの場合は、いささか異る。彼は念入りに化粧する。スチヴンスン自身、そのエッセイのなかで、「ハズリツト、ラム、ワアズワアス、サア・トマス・ブラウン、デフオ、ホオソン、モンテエニユ、ボオドレエル、オオベルマン等を丹念に模倣した」と、そのスタイルの秘密を明らかにしてゐる。

これは同時に、スチヴンスンの内面にも影響を及ぼした文学のエリットであると云つてよい。

この磨き上げられたスタイルは、スチヴンスンのロマン的心情と相伴つて幾多の物語を産み出すことになる。物語以外にも、彼は評論、随筆、紀行文、韻文等に雑多な筆をとつてゐるが、彼の文学の本質は彼自身の云ふ次の言葉に要約出来よう。「人間の真の生活は、その人間のもつ夢と願望の裡にある。各自胸にはぐくむ空想の悦びにある」と。つまり、スチヴンスンの文学は夢の、空想の具象化であると云つて差支へない。

このスチヴンスンには当然多くの欠陥がある。が、彼に云はせれば、文学とは人生とか真実を模倣するものでなく、人間なる役者が人生やその真実について抑揚を以て語るその話を模倣するものだ、と云ふことになる。云はば物語の運び方が重要なのである。

暇なときは、牧師も戦勝を夢見るだらうし、農夫は航海を、銀行家は学問的成果を夢見るかもしれない。ところがリアリストはこの隠された愉悦の源泉を無視する過失を犯してゐる、と云ふスチヴンスンは明らかに、当時大陸のゾラなどにより「自然主義」のレッテルに貼りかへられたリアリズムに意識的に対立してゐる。そして、歴史ものに、冒険ものに、また奇譚ものにと多種多様なロマンスを繰り広げるのであるが、夢が真の生活だと云ふスチヴンスンのこの主張は一例を挙げれば、同じくスコットランド生れの、同じく童心に貴重な夢を抱いた、菜園派のジエイムズ・マシユウ・バリの「センテイメンタル・トミイ」に見事に受け継がれてゐる。

なほピイタア・パンの作者バリはミルン、キングスレイ、ルイス・キヤロル等と共に豊かな児童文学を実らせてゐるが、「幼年詩園」を書き、幼少年の夢を追ふスチヴンスンと彼の結びつきは容易に納得の行くことである。そして、スチヴンスンはわれわれに忘れてゐる夢を甦えらせる作家と云へやう。

ところでスチヴンスンのロマン的心情は異常を求めながら日常茶飯のものにも異常なファンタジイの花を咲かせ、行動と事件によつて物語の世界を展開する。そこにはヴィクトリア朝後期の世紀末の風潮に必ずしも無縁でないスチヴンスンが認められる。しかし彼は本質的にはストイックな、もしくは清教徒風の倫理観に支へられてゐる。彼が創り出す怪奇戦慄もポオなどに比較すると遥かに健康でもの足りぬとも云へる。「ジキルとハイド」も実に巧妙に述べられた愚話にすぎぬ、と云へぬこともない。ここにスチヴンスンの空想の限界がある。が、いまはこのスチヴンスンのいささか探偵小説的要素を持つ傾向が、よしんばポオ、コリンズほどでないまでもコオナン・ドイル、ギルバアト・チエスタアトン、スチヴンスンの「聖アイヴス」を完結したアアサア・クイラ・クウチ（筆名Q）等に多少の差はあれ余韻をひいてゐると云つておく方がよからう。

スチヴンスンの名声は一定してゐてほとんど変化がないらしい。一部から手痛い攻撃を受けても、一向にその名声は衰へなかつた。これは彼の文学の達した古典的水準の故もあらうが、また彼の人間的魅力の故でもあるとは、よく云はれることである。ジョオヂ・ムアの如き、スチヴンスンを認めようとしない人間も、「スチヴンスンは作品を読むより彼を考へた方がはるかに愉快だ」と云ふ。ジョン・プリイストリイは「スチヴンスンを無視し得るのは人間的魅力に無感覚な者ばかりであり、そんな者が多く批評家になるのは遺憾千万だ」とまで云つてゐる。事実、彼の人間的魅力云云には、われわれは食傷気味ですらある。が、その魅力なるものは彼の小説からも自づから感得されるものの、彼のエッセイ、紀行文により、最も端的にうかがひ得よう。一部には、彼の紀行文を指して、スチヴンスン第一等の作品とまで称揚する向きもあるが、事実はこれを否定することがほとんど困難と思はれるほどである。

しかし、いづれにせよスチヴンスンは「トウシタラ」、つまり話上手であつて、見事なスタイルを持つ卓れたストオリイ・テラアであることは疑ふ余地がない。そして今日にあつても、第一級のストオリイ・テラアと称され、スチヴンスンの遠縁にあたると云はれるグレアム・グリインに、スチヴンスンの伝統が見られることは蓋し偶然ではあるまい。

スチヴンスンの欧州脱出

「好むところを為せ」とはラブレエの「ガルガンチユア」の標語である。スチヴンスンもこれに倣つた。むろん彼にはガルガンチユアの不逞はない。しかし、彼は彼なりに好むところを為したと考へてよい。

彼は胸の病のために、健康を求めてしばしば旅行せざるを得なかつた。

英文学史とか英国小説史を開いてスチヴンスンの条りを見ると、大抵から書いてある。事実、彼は幼時から病弱であつて二歳のときから十一歳ぐらゐまで病床につかぬ日が尠いほどの虚弱児童であつた。医師の診断を受けて結核を宣せられたのは一八七三年、二十三歳の秋である。が、彼の母も胸が悪かつたと云ふから、疾うに下地は出来てゐたのである。

しかし、この虚弱児童も、エヂンバラ大学に入学し土木工学を学ぶ段になつたところが、肝腎の土木工学はそつちのけで酒・女・賭博と放蕩無頼の生活を学ぶのに専心し、厳格な父を怒らせ、温和しい母を嘆かせた。当時の彼は黒ビロオドの上衣を羽織り、黒シヤツに細いネクタイをぶら下げ、細く短いズボンを穿いて、エヂンバラのいかがはしき場所に啣へ煙草か何かで気取つて姿を現はした。今日、僕らが街でよく御眼にかかるスタイルを十九世紀にもつて行くと、こんなことになるのかもしれぬ。

尤も彼自身はかう云ふ。――僕は青少年時代を通じて怠者の標本と目されてゐた。が、僕には僕なりの目的があつた。即ち、書くことを学ぶことである。僕はいつもポケットに本を二冊入れておいた。一冊は読むために、一冊は書き込むために、と。

灯台技師であつた彼の父は、彼に土木工学を学ばせ自分のあとを継がせるつもりであつた。が、彼が真平御免蒙りたいと云ひ出したから大いに立腹した。更に、彼は不可知論の影響でとんでもない無神論者になつてゐた。ところが、父は熱心な信者である。ことごとに正面衝突を免れなかつた。尤も、彼は灯台技師は遠慮した替りに一応弁護士になることにして、その試験にも合格した。しかし、一向に流行らなかつた。当人にその気がないのだから無理もないと云つてよい。彼の父はそれでも歓んで彼に千ポンドの金を与へた。その金の多くを、彼は一人の女のために費消した。その女のために、彼はのちにまたも父を激怒させ、またその女のために大西洋を渡りもした。

しかし、この間、彼は彼の文学の視野を拡げるのに預つて大いに力のあつたシットウエル夫人やシドニイ・コルヴィンと知己になり、頻りにペンを走らせて文章を綴るのに熱中してゐたのである。

一眼で恋に落ちると云ふ。また蓼喰ふ虫も好き好きと云ふ。ともかく、一八七六年、彼はその女――ファニイ・オズボオンなるアメリカ女と急転直下恋に落ちる。彼は一度パリに行つたときフオンテンブロオの森に遊び、そこが大いに気に入つてしばしば訪れ当地の画家連中と交際した。そこで、絵の勉強に来てゐると云ふ彼女と知り合つた。夫に別れてフランスに渡つて来てゐるこの貧しい女は彼より十歳も年長で、十六歳の娘と九歳の息子を抱へてゐる。この女と会つたことが、スチヴンスンの残る半生を決定した。

彼は二度アメリカに渡つた。一度は一八七九年、移民船デヴォニア号の客となつて、その前年、夫オズボオンと離婚訴訟を起こすべく大西洋を渡つて行つたファニイのあとを追つて行つたのである。それまでに彼は幾つかの短篇と「新アラビア夜話」それから紀行文を公けにしてゐるが、「旅は驢馬をつれて」なる旅行記を見ると、既に海の彼方にあるファニイの思慕の情が各所に点綴されてあるのに気がつく。彼は芳しからぬ健康と軽い財布をもつて、友人達の止めるのも肯かず船出する。

アメリカで彼が死ななかつたのは不思議と云ふほかない。それほど彼の健康は害はれてゐたし、それほど彼は悲惨な状態で大陸を縦断した。汽車の屋根の上で寝たり、馬から落ちて起き上れぬのを知らぬ男に助けられて介抱されたりしてゐる。モンテリイでやうやく当のファニイにめぐり会ふ。が、彼は大いに書きまくらねばならなかつた。何しろ、手許不如意も甚しかつたから。挙句の果は過労のために瀕死の病床に横はらねばならなかつた。息子の行動悉くが気に喰はず立腹此上ない父も、息子が死ぬのを拱手傍観も出来かねて金を送ることにした。仕方がないから、結婚も許すことにした。スチヴンスンが妻子を伴つてスコツトランドに戻つたのは一八八〇年である。

しかし、このアメリカ旅行は彼の健康を二度と回復出来ぬまでに破壊した。彼は健康を求めて転転とせざるを得なかつた。ダヴオスへ、南仏へ、またボオンマスへ、と。而もその間、この秀れたストオリイ・テラアは「宝島」、「プリンス・オツトオ」、「ジキルとハイド」等等多くの作品を手がけて敢て死に挑戦を試みる。

彼が二度目にアメリカに渡つたのは一八八七年である。その年の五月に父が死んだので、八月、一家をあげて大西洋を渡つた。もはやヨオロツパでは彼の健康を維持するに足る場所が見出せなかつたのである。彼は再び帰つて来るつもりでゐた。しかし、彼は二度と帰つて来なかつた。と云ふのは太平洋の諸島を流浪したのちサモア島に居を定めた彼は、故国から遙かに遠い南海の島にあつて人生に別れの手巾を振るからである。蒼ざめた馬に跨る死神は南海の島と云へども見遁さなかつた。

庄野潤三

庄野潤三は自らウィリヤム・ホオルデンに似てゐると思つてゐるらしいが、安岡章太郎の客観的な眼で見ると「ポナペの土人に最も近い」のださうである。しかし、庄野潤三は身だしなみがよく、いつも落ちつき払つてゐる。いつか、僕は新宿の酒場で彼が奥さんと蟹をついてゐるのを見た。そのときも彼は落ちつき払つて、一緒に映画を観た帰りだと云つた。庄野潤三はデリケエトな神経の行き届いた小説を書く。しかし、彼は頑健な体軀の持主であり、甚だ進取の精神に富み、また冒険心にも富んでゐる。

いつだつたか早大の学生が僕のところにやつて来て、文芸講演会をやるのだが庄野潤三氏に講師の一人になつて貰へまいかと云つた。僕は早速、彼に電話をかけ、その意向を訊ねた。

——それは、何人ぐらゐ聴衆が来るんだね？

と彼が訊ねた。学生に聴くと、千人ぐらゐ来さうだと云ふ。僕はちよいと躊躇した。あまり大がかりな講演会だと彼が尻込みせぬかと怖れたのである。ところが、僕の返答を聞いた庄野潤三は、かう云つた。

——ふむ、さうか。そんな沢山の聴衆を前に喋つたことはないが、いい機会だからひとつやつてみてもいいな。うまく行くかどうか判らんが御引受けしよう。

その結果、彼の講演は——生憎、僕は聴けなかつたが、頗る評判がよかつた。彼が進取の精神に富むと云ふ所以である。彼の大講演は聴かないが、彼が会合で演説するのは二三度聴いたことがある。彼は徐ろに立ち上り、胸を張り、落ちつき払つて喋り出す。一度は、途中でコップにビイルをつぎ、ぐいと飲み干してまた演説した。

僕は彼とさう頻繁に会ふことはない。酒を飲んでゐるとき顔を合はせることが多い。酒を飲むときも彼は落ちつき拂つてゐる。しかし、突如として手を叩いて大声に「マドロスの恋」なんか唄ひ出すから面喰はざるを得ない。いつだつたか、彼と吉行淳之介ほか五六人である店に行つたことがある。その店を出たらたちまち、庄野潤三と吉行淳之介が見えなくなつた。どこに行つたのかと思つてゐたら、その店の門の傍にある巨きな樹の上から、オホホオイとか云ふ奇妙な叫び声が聞えたので吃驚した。二人は樹に上つてゐたのである。

——何だい?

と誰かが訊いたら、樹上の庄野潤三は答へた。

——タアザンだよ。オホホオイ。

庄野潤三が冒険心に富むと云ふ所以である。

不意打の名人

不意打の名人、とは他でもない谷崎精二先生のことである。先生は現在、早稲田大学文学部長と云ふ肩書を持つてをられるが僕が学生のころは英文科の教授で、「早稲田文學」の総元締であつた。一年生のとき「新人号」なるものに作品がのつてから、僕は谷崎先生に顔と名前を覚えられた。さうなると、矢鱈に欠席するわけにも行かぬから、なるべく出席するやうに心がけざるを得ない。

ところで、ある日、ある授業が終つて級友たちとガヤガヤ階段を降りて行く途中、僕の怠け癖が顔を出したものらしく、僕は僕の前を降りて行く友人のYに大声で話しかけた。

——おい、Y、この次の谷崎さん、さぼろうや。

Yは僕を振返つたが、何も云はずくるつと向うを向いてしまつた。同時に僕の近くの学生がくすくす笑ひ出した。何だかへんな気がして振返ると、僕のすぐ背後から谷崎先生が苦笑しながら降りて来られてゐたのである。僕が周章狼狽したのは申す迄もない。

僕はそのころ、よく新宿や阿佐ケ谷でお酒を飲んだ。たしか新年の防空演習のあつた暗い晩のことである。僕は友人のYと酒店「樽平」に行くべく暗い往来を歩いてゐた。そのとき、虫の知らせと云ふものかもしれぬ、僕は突然谷崎先生のことを想ひ出したのである。

——谷崎さんは油断がならないな、こなひだは驚いたぜ、学校で……。

——うん、俺もびつくりしたよ。君のすぐうしろから谷崎さんが……。

途端に僕ら二人の前に立つた二重まはしの人物が、ちよいと帽子に手をかけて、よう、と云つた。僕らは飛び上らんばかりに驚いた。それは他でもない、谷崎先生その人であつた。

——お芽出たうございます、さやうなら。

僕らは雲を霞と逃げ出さぬわけには行かなかつた。

それから暫くして、Yと酒店「秋田」へ足を伸ばしたことがある。這入つてみると満員で席が殆どない。すぐ空きますよ、とは云ふけれどどうしようかと二人で考へた。

——こんなときは谷崎さんが現はれるかもしれないぜ。

——うん、さうかもしれない。

とか話しあつてゐると、店の奥の方で僕の名前を呼ぶ声がした。見ると、谷崎先生が揶揄するらしく笑つてをられるのである。僕らは吃驚仰天した。

——お気の毒ですが、と先生が云つた。まあ、お帰り願いませう。

僕らは大いに恐縮して、あわててお辞儀をすると外へ出ようとした。その僕らに、谷崎先生はゲエリイ・クウパアみたいに二本指を帽子の庇にひよいとかけて会釈された。僕らは完全にしてやられたわけである。そのとき、谷崎先生と同席してゐたのは、故青柳優《ゆたか》氏だつた気がする。

僕が谷崎先生のお隣りに坐つてお酒のお相手が出来るやうになつたのは、むろん、戦後である。あるとき、ある店で、いま申し述べた谷崎先生の三度にわたる不意打の話をしてゐたら、

——誰です、僕の名前を矢鱈に口外するのは？

と云つて谷崎先生が這入つて来られた。即ち不意打の名人と云ふ所以である。

中村真一郎論

銀座でも新宿でもよい。店は沢山あるが、這入るところは大抵決まつてゐる。それと同じ――と云ふとヘンかもしれぬが、小説にせよ、読むもの読まぬものには自ら限界が出来上つてゐる。これは何かの弾みからさうなるのであつて、特にさう決めたわけぢやないし別に好悪に左右されるわけぢやない。僕は批評家ではないから、幸ひにして、万遍なく読んで万遍なく何らかの見解を保持してゐなければならぬと云ふ厄介な立場に置かれてゐない。

僕は中村真一郎氏の作品を殆ど読んでゐない。当然、戦後文壇に「近代文学」に拠つて輝かしく登場したときに、読んでゐていい筈である。いい筈であるが読まなかつたのは、僕の不精の故もあるが、やはり何かの弾みと云ふ奴にほかならぬ。正直のところ、たいへんな手違ひからこの文章を書かねばならぬことになつた。そのたいへんな手違ひについて、今更、冗冗と申しても始まらぬ。

僕が中村真一郎氏について知るところと云ふと、氏が戦時中福永武彦、加藤周一氏らとマチネ・ポエティクなるグルウプを作つてゐたこと、堀辰雄と親交のあつたこと、また詩をつくり、小説を書き、評論をものし、翻訳も手がける当代の才人なること、まづ、こんなところである。

中村氏に会つたのも一、二度しかない。尤も、一度は、会つたと云ふのぢやない、見たと云ふべきだが、芝の増上寺で堀辰雄の告別式が行はれたときである。そのとき、中村氏は確か紺の背広を着て、颯爽として弔辞を読んだ。告別式に颯爽として弔辞を読むと云ふのは穏やかならぬ表現である。しかし、尠くともそのときの僕はそんな印象を受けたのに違ひない。いま想ひ出してみても、別に訂正する気にならぬ。

僕は中村氏の王朝小説集「恋路」を読んだ。これには、「寝覚」、「恋路」、「扇」の三篇が這入つてゐる。王朝小説と云ふと、芥川龍之介、堀辰雄も王朝に取材した作品をものしてゐる。この王朝小説の系譜を辿つて、中村氏の位置を考へてみるといいかもしれぬが、とても余裕がない。また、中村氏の親交のあつたあるいは師事したと云ふのかもしれぬが堀辰雄のそれと中村氏の王朝ものを比較してみるといいかもしれぬが、これも手がまはらぬ。当然、氏の現代を扱つた作品と王朝小説を併せ論ずるのが妥当であらう。が、これもかなはぬ。これがつまり、たいへんな手違ひの結果であつて、手違ひに腹ばかり立ててもゐられぬから、「恋路」を読んだ感想を記すことにする。中村氏にはたいへん申訳ないが仕方がない。

「恋路」と云ふ小説の前半で、中村氏は古典に興味を惹かれるやうになつた幼時からの経緯を述べてゐる。これはむろん小説の一部を成してゐるわけであるが、小説の一部と云ふよりはエッセイとも云ふべきものであつて、中村氏の内面を吐露してゐて面白い。

……幕末生れの曾祖母は柳下亭種員《りうかていたねかず》だとか松亭金水だとかの、彼女の娘の頃に読み耽つた人情本や読本の類を拡げてみせては、白井権八や八百屋お七の話を聞かせてくれた。凡そ非道徳な頽廃期の江戸市井の語り草は、幼いぼくの頭脳に、人生と小説とに対する奇妙なそして強烈な偏見を育て上げて行つた。

——古い世の貴族文学は、何の道徳的な気づまりもなしで、悠悠とぼくの四肢を延ばしてくれる、気易い世界だつた。

「幼時の文学的原体験」に照応するものとして、実生活とは全く関係のない平安朝の物語類が、却つて新たにぼくの親しいものになつた訳だ。

書物によつて人生を知る、もしくは学ぶと云ふことがある。アナトオル・フランスもさうだし、芥川龍之介も例外ではない。中村氏もさうだと断定を下すのは早計かもしれぬ。が、さうであらう、と推測することは出来る。むろん、それがいいか悪いかそんな野暮なことは云はぬ。ただ、そのやうな、あるいは広い意味でその範疇に這入る人はゐるのであつて、それはむしろその人の本質的な問題であつてどうにもならぬことである。

ぼくはいつかこの『夜半の寝覚』の主人公のひとりを取り上げて小説に仕立てた。それはぼく流のこの物語に対する愛情の表現のつもりだつた。その時、ぼくは或る部分は細密に過ぎ、また或る部分は全く空白なこの物語から、一定の密度を持つて進行するぼく自身の物語をつくり出さねばならなかつた。

この結果出来上つたのが「寝覚」と云ふ作品であつて、これは或る空しい恋のために、その一生を使ひ果してしまつた男の物語である、と云ふ一行をもつて始まる。僕はこの空しい恋の物語を興味をもつて読んだ。また「恋路」と云ふ小説も面白く読んだ。が、「恋路」の方は、前に大分引用した前半のエッセイの部分が水を得た魚のやうに躍動してゐるのに較べると、後半の物語の部分がどうも物足りぬ。あるいは、前半のエッセイの部分があるため却つてさう思へるのかもしれない。

中村氏は、古い物語の勝手な再創造の試みが、氏の王朝物語の世界での遊び方だと云ふ。古い物語を下敷きにして、自分の愛する伝統的な雰囲気を自分の筆で再現することのはうに、昔の作家はより文学的な興味を感じたらしい、と云ふ。昔の作者――を中村真一郎に置き替へても一向に差支へあるまい。この何れもが、中村氏の王朝ものを手がける内的必然性の一端を示すものと見て大過あるまい。

この限りにおいて、中村氏は堀辰雄と対蹠的な立場にあると思へる。記憶で云ふのだからあまり確かぢやないが、僕の脳裏にある堀辰雄は遠い王朝の森に静かに憩つてゐる感がある。が、中村氏はその同じ森のなかを、大胆に渉猟してゐる猟人である。しかし、中村氏も氏の愛する王朝に取材する作品には自ら限界を心得てゐるらしい。「恋路」の終りの方で氏は云ふ。

……力を失つた貴族たちの夢の世界へ迷ひ入つて行くぼくの遊びは、いつか次第に想像力の戯れのままに、近代風の小説発想に移つてきてしまつた。もしこのまま推し進めて行けば、精緻な分析的手法の要求される心理小説に発展して行くことも必至である。が、それはそれで、激しい創造的勢力と現実感覚との闘ひを試みるべき、また別の場合の仕事ではなからうか。

三つの作品の裡で、「扇」と云ふのが一番短く、また短篇らしくまとまつてゐる。これは二人の男女の美しい恋物語である。尠くとも僕はさう思つて読んで行つた。四位の少将と云ふのがゐて、一人の若い女に恋して妻にする。一時も離れたがらぬほどの執心振りである。その男が妙な経緯で大納言の娘を妻にして家に帰れない。前の妻は悲しみのあまり家を出て山中の庵室にこもる。そこへ、やつと暇を見つけて男が帰つてくる。女の家出を知つて狂気のやうにあちこち探しまはりやうやく女にめぐりあふ、と云ふ話である。筋だけ書くと何でもないが、これを見事な作品に結晶させてゐる手腕に僕は感服した。

感服した――が、実はこの話はこのままで終つてゐない。このあとがある。この二人がお芽出たく再び一緒になつたのち、男の第二の妻大納言の娘が心痛のあまり死んでしまふ。すると二人の間に邪魔者がゐなくなつた安心感のために、二人の幸がただの惰性に変つてしまふ。二人とも早く老ひ込んでたいへんつまらなくなつて、男は大納言の娘と一緒に暮すべきだつたのではないかと思つたりすると云ふのである。

美しい物語を読んでゐたつもりの僕は、ここに至つて些か面喰はざるを得なかつた。しかし、面喰つたのは僕の浅見によるものであつて、現実はまさにこのやうなものである。王朝を扱つたから、美しい物語であらねばならぬとは莫迦な話である。しかし僕には多少の疑問がないでもない。かかる結末に導く物語を何故王朝に舞台に求めたのか僕にはよく判らぬ。むしろ現代に設定した方が面白いと思へるのだが。これに、下敷きにした古い物語があるか無いか知らぬ。しかし何故僕がこんな疑問を抱くかと云ふと、この物語の五分の四、もしくは六分の五ばかりの美しさを五分の一、もしくは六分の一の現実で否定するに忍びぬからである。おそらく中村氏は、この美しい物語に一服の毒をもらずにはすまされなかつたのであらう。

王朝に夢を求める形で中村氏は、逆に現実に挑戦してゐるのではないか、と僕は考へてゐた。しかし、この一服の毒は氏の大胆な挑戦の姿を僕の視界から消してしまふ。

地図

岡本綺堂の「半七捕物帳」は僕の愛する作品であるが、半七を読むと、どう云ふものか江戸名所図絵だとか江戸の地図が覗きたくなる。些か現世を忘れて遠い世界に遊ぶ気持になる。事実、半七から江戸末期の情緒をとり去つたら魅力は半減するかもしれぬ。半七の足どりを古い地図に求めてゐると、何となく彼の歩いてゐる恰好が眼に浮ぶから妙なものである。

これは半七ばかりぢやない。作品に街が出てくるとその街の地図が見たくなる。例へばチエスタアトン大人のブラウンものの冒頭の「青い十字架」には、ヴアランタン名探偵がフランボオを追つてロンドンの街を動きまはる。そこで僕は古ぼけたロンドンの地図を持ち出して、その足どりを探さうと思ふ。僕がロンドンを知らぬのはパリを知らぬと同じことで一向に名誉にはならぬ。従つて、肝腎の地名もなかなか見つからない。細かい字がやたらに並んでゐて、虫眼鏡で覗いても容易に発見出来ない。ギツシングの「貧しい紳士」も、金がないのでロンドンの街をテクテク歩くのであるが、この足跡も地図で探したことがある。見つかるとたいへんに愉快である。風景は一向に判らぬが、何だか自分も歩いてゐるやうな錯覚を起して満足する。見つからぬときは、何だか眼がチラチラして大いに閉口する。

むろん、そのころのロンドンと現在のロンドンは大分違ふかもしれぬ。アナトオル・フランスのパリも現在のパリとは大分趣きが違ふかもしれない。しかし、東京とは比較になるまい。戦前の東京の姿を見出すのですら、なかなか容易ではない。まして半七の世界など、遠い別世界である。荷風の「日和下駄」には滅び行く街の姿に愛惜を覚える荷風の心情が窺はれるが、これはおそらく、外国ではあまり切実に感じられぬものではなからうかと思ふ。

先日、深川でお酒をのんで、夕暮、新大橋にさしかかつたら遠く西の空に大きな赤い太陽が沈むところであつた。大川の上に立つてゐたら、潮の香がして、大きな落日がひどく美しかつた。

火野さん

「竹の会」と云ふお酒を飲む会があつて、火野さんが幹事をされたことがある。火野さんは博多の独楽まはしの名人をつれて来て、その芸をわれわれに見せてくれた。それから、自らその名人の第一弟子と称する火野さんが特技を披露した。板の上に幾つかの扁平な独楽を並べておいて、板を片手で持ち、板を操つて任意の独楽ひとつをまはして見せるのである。これは大体においてうまく行つて、みんな大笑ひした。火野さんは何だか少し極りが悪いやうな笑顔をされてゐたが、さう云ふときの火野さんは春風駘蕩と云ふ感じがした。

しかし、「竹の会」をやるときは、火野さんは九州に行かれてゐることが多くて、あまり出られなかつた。この一月にやつたときも九州にをられたため欠席された。それからまもなく訃報に接して愕然とした。僕は新宿の飲みやとか碁の会で火野さんにちよいちよいお会ひした。が、特に親しくお話を伺つたと云ふことはない。碁の方は火野さんと僕では腕前が違ひすぎるので、一席もやつたことがない。むろん、火野さんが強すぎるのである。

大分前、ある雨の日に井伏さんのお宅に伺つたら、井伏さんは、今日は火野君のアサガヤの家の棟上の日だから、あとでちよつと行つてみよう、と云はれた。夕刻になつて、車でアサガヤに行つた。暗い道で車を降りて、井伏さんについて行くと、大きな樹立が何本も黒く立つてゐる空地へ出た。暗くてよく判らなかつたが、何だか神社かお寺の境内みたいな気がした。空地の片隅に小屋があつて、小屋の前のトタンを差しかけた下で、棟梁が焚火をしてゐた。他には誰もゐない。ひつそりして雨の音ばかり聞える。どうも様子がをかしいと思つたら、棟上はまだ五、六日先だとか云つた。わざわざお酒まで持参された井伏さんは、

——なあんだ。

と、呆気にとられたやうな顔をされた。井伏さんが何故そんな間違ひをされたのか、さつぱり判らない。大分あとで、何かの会のときに火野さんにこの話をしたら

——ほう？

と、火野さんも呆気にとられた顔をされた。

祝賀会

ある会合があつて、大分いい気持になつてゐたら、向うの方に坐つてゐる伊馬春部氏が、ちよつと、ちよつと、と手招きした。何事ならん、と傍に行くと、小原温泉に行かうと云ふのである。

――小原温泉？

――さう、小原温泉です。

――さあ、どうしようかしら？

――何云つてるんです、行きなさい。行かなくちや駄目だよ。

伊馬さんは威勢よく僕の肩を叩いたので、僕は前にある食卓におでこを打つけた。瘤が出来たんぢやないかしらと、額を撫でてゐると、伊馬さんは食堂車でビイルを飲んで、向うに着いたらまたお酒を飲んで温泉に入ると、またビイルを飲んで――こんな愉快な旅行に参加しないのは大間抜けだと云つた。聞いてゐる裡に、何だかそんな気持になつて、行かう行かうと賛成した。傍には庄野潤三と文藝春秋の尾関栄がゐて、この二人は僕が招ばれる前に既に賛成してゐたらしかつた。

それから二日か三日したら、尾関から電報が届いた。至急連絡ありたし、と云ふのである。僕には何のことかさつぱり見当がつかぬ。ともかく、電話をかけることにした。

——電報を見たんでね……。

——ああ、例の小原行きのことですがね、と尾関が改まつた口調で云つた。二十七日の「まつしま」で行くことに決まりました。だから、切符は……。

——ちよつと待つてくれよ、小原行きだつて？　そんな話、したかしら？

と云つてから、僕は忽然として先日の会合の夜を想ひ出した。つまり、すつかり忘れてゐたのである。

——困るね、そんなことでは、と尾関が云つた。伊馬さんから電話があつてね。君から連絡がある筈なのにさつぱり連絡がない。念のために僕から連絡してみてくれつて云はれたんだ。

——そりやどうも、悪かつたな。しかし、二十八日に早慶戦があるんでね、弱つたな。

——早慶戦？

早稲田と慶応の碁の好きな教師連中が集つて、年に二回碁の早慶戦をやる。僕もその末席を汚すメムバアの一人である。僕が出ても早稲田の優勝には一向に貢献するところがない。

却つて逆の結果を招来する危険があるけれども、今回はメムバアが不足しさうだから是非出席してくれと頼まれてゐるのである。

——ともかく、伊馬さんに連絡しよう。

しかし、つらつら考へてみると、二十八日に早慶戦があるのは前から判つてゐたのである。それが酔つぱらつてゐたばかりに、妙な話になつてしまつた。僕は早慶戦と小原行きの両者を比較した。その結果、下手な考へを重ねて黒星を頂戴するよりも、暫時都塵を去つて緑の山間に清遊する方が遙かに賢明であるとの結論に到達した。そこで大学の碁会の幹事に相談して、早慶戦の方は欠席にして貰ふことに成功した。やれやれ、と伊馬さんに電話をかけると、伊馬さんはいきなりから云つた。

——切符はもう買つた？　帰りは常磐線ですからね、廻遊券を買ふんですよ。

——はいはい。すつかり忘れてましてね。

——そんなことだらうと思つたんだ。世話のやけるひとだね。

当日、僕らは「まつしま」に乗りこみ、食堂車でビィルとお酒を飲み、小原温泉のホテル鎌倉についたのは八時近いころだつたらう。僕は前に一度、やはり伊馬さんに案内されて、井伏鱒二氏、横田瑞穂氏と一緒に来たことがある。が、庄野と尾関は始めてである。殊に庄野は小原が始めてばかりでなく、東北が始めてらしかつた。

ところで、僕らが小原にやつて来たのは、ホテル鎌倉の増築完成記念だつたか何かに祝意を表するためであつた。このことは、先日の会合のときに、伊馬さんがちやんと説明してくれた筈である。説明してくれた筈だが、大体、旅行そのものを失念してゐたくらゐだから、何の御祝いだつたか忘れてしまつてゐた。しかし、忘れたやうな顔をするとまた伊馬さんに、

——全く困つたひとだね。

なんて云はれるから、素知らぬ顔をしてゐた。が、この点になると庄野も尾関も僕と大同小異らしかつた。しかし、僕ら——伊馬さんを除く——の意外に思つたことには、一向に祝賀会が始まりさうな気配がなかつた。確か伊馬さんはジンギスカン鍋が出るよ、と云つた筈だが、そんな様子もない。僕ら三人の予定では、その晩宴会か何かあつてそれに出席して翌日帰る筈であつた。名誉のために敢て名はあげぬが、その夜の御馳走にそなへて、白河でソバを食ふのを見合はせた人物もゐるほどである。しかし、祝賀会がない以上、あると思つたのは当方の錯覚であると考へることにした。僕らはビイルやお酒を飲み——あとになつてみると御馳走になつたのだが——ホテルの主人の高橋さんも一緒に談笑して愉快なときを過した。

翌朝、一番早く眼を醒ましたのは尾関である。五時に起きて、持参した釣竿を手に勇ましくホテルの傍の白石川に出て行つた。僕が眼を醒ましたのは九時ごろである。川の方を見る

と、尾関が川に糸を垂らしてゐた。かつて井伏さんと来たとき、井伏さんもこの川で釣を試みられた。が、一尾も釣れなかつた。雪どけの季節で魚がゐなかつたのである。しかし、いまは違ふ。五時から釣つてゐる以上、相当の獲物がある筈だと、大声で訊いてみると尾関は情けないやうな顔をして、

——だめだめ、一匹もかからない。

と手を振つた。それから、彼は釣をやめて引きあげて来たが、この川の魚は少しをかしいよ、と魚を非難した。

朝食を摂つて、帰りの汽車の相談をしてゐると、伊馬さんが聞き咎めた。

——何を相談してゐるの？　今日、午后から宴会があるんですよ。

——今日、あるんですか？

——さう云つてある筈ぢやないの。困つたひとだね。それに出席しなくちや、大義名分が立たなくなるぢやないの。

一晩泊りで帰る予定だつた僕ら三人は大いに面喰つた。庄野はアメリカ滞在中に知り合つたアメリカ人が訪ねてくる筈だが、と浮かぬ顔をして考へ込んだ。僕らが考へ込んでゐると、ホテルの主人と話して来たらしい伊馬さんが云つた。

——一時から祝賀のパアティ、それがすむと観光バスで蔵王山麓を案内してくれるんだ

つて。だから、いいね、出発は明日、もう一晩泊まる。もう決まりました。では、それまで散歩でもしませう。

と云ふわけで、たちまち決まつてしまつた。尤も、さうと決まると何だかのんびり落ちついてしまつた。散歩に出て、白石川の上流の方からホテルへと浅瀬を渉り川原を歩いて戻つてくると、川岸に涼しさうな建物があつて、川原に面した手摺のところに五六人の人が立つて此方を見てゐた。庄野は、「裸の大将」みたいな恰好をしてゐたし、あとの三人も浴衣の裾をからげたりしてゐた。あれは何の建物だらう？　伊馬さんも知らなかつた。僕らは、あれは税務署の連中かもしれない、なんて話し合つた。

ホテルに戻つて、浴衣を洋服に替へて威儀を正し、尤もらしい顔をして祝賀会場に案内されて僕らは吃驚した。それがさつきの建物であつて、増築された一棟だつたのである。

Ⅳ

文学への意志

顔を合はせる度に、友人は云つた。

——君、書かうではないか。

その度毎に、吾吾は多かれ尠なかれ興奮した。友人は前線に行つた。すると、同じ言葉が文字となつて私のところへ運ばれて来た。友人はその一通一通に、番号を附した。三十三号の葉書が私の手許に届いたまま、友人の音信は途絶えた。もう半年以上になる。もう一人、やはり前線に立つてゐる友人がある。二週間前出した葉書に対して返事が来た。私は更に一筆した。ところがその葉書は返送されて来たのである。この二人のみでない、私の多くの友人は戦場に征つた。——そして、私自身も。

一瞬先のことは、誰も知らない。これは必ずしも現在のみに云はれる言葉ではない。が現在ほどこの言葉のもつ必然性を、深い奥行を厳粛に考へねばならぬときはあるまい。何気なく交した通信が最後のものとなる可能性は、寧ろ多すぎるぐらゐかもしれない。と云つて徒らに興奮しようと云ふのではない。一瞬一瞬の生命を、その極限に於て生きねばならない、と考へる。

今省みて、友人の鼓舞の辞に敢然と応じ得るか否か、私は自信がない。友人は三千年後に残る文学を考へ給へと云つて来た。私は頗る驚いた。冗談らしい筆致ではない、極めて真率な言葉として記してある。しかし、それを奇矯の言辞として一笑に附することは許されない。何故なら、私はそこに友人の、無限への憧憬を、文学に対する信仰を認めずにはゐないから。むろん、三千年後は論を俟たず、後世を意識して作品は書けない。ただ、私は私自身を偽らないものを書きたい。一瞬一瞬に於て真実なるものを書きたい。一瞬の真実の裡に、永遠に連なるものの姿を捉へたい。私の願ふところはそれのみである。しかし、願ふところのものが直ちに実現されることは殆んど稀である。残されてゐる道は、ただ自らの高い念願に向つて不断の上昇を心掛けねばなるまい。

私は今迄の私の短い間のささやかな文学への熱情がいい加減のものであつたとは思ひたくない。が、遺憾ながら、作品の経路が平面的な水平的な変化にすぎなかつた気がせぬこともない。私はそれを恥づかしく思ふ。何よりも、私自身を掘下げねばならない。練磨せねばならない。顧みて他を云云することは、自らを云云するより遙かに容易である。更に偉大な倫理の背後にかくれてものを云ふことは如何に容易であらうか。それは寧ろ卑屈である。それは、厳粛なる倫理への冒瀆でしかない。要は自らの練磨と、信念の有無にしかあるまい。その信念を裏づける血肉の有無にしかなからう。何故なら血肉の裏打を有たぬ信念は、思考は、虚偽でしかないから。

現実は苛烈である。又、文学の道も。かつて私たちは、幾度か、いい作品を書かう、と云ひあつた。かつて――しかし、いまも易《かは》りはないのである。それは厳しい鞭である。走つてはいけない。流れてもいけない。須《すべか》らく背水の陣を敷かねばならない。私は、私の言葉の前に誠実でありたいと思ふ。

文学は変らない

人工衛星が打ち上げられたら、日本中が人工衛星を見上げてゐるやうな気がした。僕は別に興味もなかつたから、空は見なかつた。ところが、ある友人が来て、例へば何万光年の遠方にある星に光と同じ——だつたかそれに近い速力だつたか忘れたけれども——速力のロケットに乗つて行つて、また地球に戻つて来ると、ロケットは例へば二百年で往復したのに既に地球上では何万年か経つてゐるのだと云ふ話をした。

それはをかしい、と僕は云つた。何万光年と云ふのは、その星すら光が地球に届くのにそれだけかかるわけだから、光と同じ速力のロケットなら何万年かかるわけである。二百年で往復出来るなんてとんでもない、と僕は反対した。ところが友人の曰く、

——君、相対性原理を知らないだらう？　いま、勉強したまへ、教へてやらうか？

と偉さうな顔をした。訊くのは癪だから別の友人に判り易く書いてあると云ふ相対性原理の解説書を借りて読んでみたがさつぱり判らないのである。方程式が矢鱈に出て来たので、相対性原理なんて知らなくてもいい、明日から僕のお臍が背中に移転するわけでもないのだ

から、と思ふことにした。しかし、念のために、同じ研究室のK・K君に例の何万光年の話をしたら、彼も全く僕と同意見であり、彼もまた相対性原理を知らなかつた。

またある学生にこの話をしたら、

——それは相対性原理で説明出来ます。

と、こともなげに答へた。

——相対性原理つて何だい？

——それは僕にもよく判りません。

これぢや何にもならない。

その後、ある人に聞いて多少判つたやうな気がしたけれども、まだ、充分納得が行くまでには遠いのである。しかし、どうも世の中の進み方は戦後急に速くなつたやうな気がする。あれよ、あれよと云ふ間に進んで行つてしまふ。人工衛星が上つたと思つたら、ある雑誌に、今後十年内に月に行ける、と書いてあつた。と思つたら他の雑誌には五年以内と説く人がゐた。なかには三年かからぬと云ふのもあつた。驚くほかないのである。さうなると文学も変つて来るだらう、なんて云ふセツカチな人も出て来る。例へばこの学報の編輯部がさうである。しかし、僕は文学は一向に渝《かは》らぬものだと思つてゐるから、満足な答が出来ない。

しかし、全然変らぬとも断定することはむろん出来ない。例へば昔は文学者は異様な風采をして、大いに酒を飲み、遊里にかくれ、野蛮なスポオツの如きはこれを避け、専ら青白い顔をしてゐる方がいかにも文学者らしいと思はれてゐた時期がある。文学者は特殊の人間と思はれてゐた。

しかし、いまはむしろ、そのやうな風采をする人間を「キザな奴」と思ふ。ゴルフが盛んだし、ボディ・ビルをやる作家もゐるのである。それがヘンだと云ふことは、云ふ方がヘンだと云ふことになつた。つまり、夜咲く悪の華を摘む替りに、太陽の下で歌でも歌つてゐるのであつて、これはつまり文学者の多くが健全な人間になつて来たと云ふことである。そのために芸術的要素が欠けて来たと云つて一概に貶すのもへんだらう。

文学と政治と云ふ。大体、芸術家と云ふものは政治なんて下らぬものに無関心であるべきだ、と云ふことになつてゐた。これは僕が決めたわけぢやない。ちやんと、そんな決りみたいなものがあつたのである。ところが、文学者は健全な人間になつたから、政治に無関心でゐられなくなつた。無関心でゐられなくなつたから、政治と文学についての論文とか感想を書く。立候補する。

だからと云つて文学が昔と変つて来たとは云へない。戦後、中間小説なるものが出現して中間小説向きの雑誌の売行も悪くない、と云ふのは、そのやうに文学を受けとらうとする、あるいは求める読者がゐると云ふことであつて、とやかく云つても始まらぬ。それを文学でないと極めつけることは出来るが、しからば何か？　と云ふ問に答へるのは難しい。謂はば文学の現はれ方の一つであつて、面倒臭くなればそつぽを向いて「わが道を行く」と云ふほかないのである。文学者が健全になれば読者も健全になつて、映画やテレビ、ラヂオの番組で文学を——つまり眼や耳で文学を知らうとするかもしれない。それは、しかし、むろん文学ではない。が、文学の受けとり方に昔と変つて来てゐる点もあると云ふことは云へるのであつて、これは無視出来ないのである。そして、この点から見ると現在の日本文化の象徴の感のある週刊誌が大きな役割を受けもつものではないかと思ふ。まことに週刊誌はラヂオ、テレビの時代に似合ひの印刷物であつてその氾濫は驚嘆に価すると云つてよい。ところで、僕は人工衛星には関心が乏しいけれども、例へばロケットで二三週間で往復出来る星があるとして、その間地球では二十年経つてゐたと云ふ想定は面白いと思ふ。これから、いろいろの物語が考へられる。が、僕自身はむろんそんなロケットに乗りたくない。大体、人工衛星なんてへんてこりんな星が遠慮なく他人の頭の上を飛んで行く、と云ふのはたいへん失礼な話であつて、おまけに無断で他国の写真まで撮るとは面白くない。かう云ふことは一国でやるべきでなく、地球政府をつくつて管理すべきだらう、とある人に話したら——君の話はどうも少しピントが狂つてるんぢやないか？　と云はれた。

「ロシア伝説集」

ずつと大昔のこと、ロシアの国にスウヤトゴルといふ勇士があつた。大層体の大きい人で、うつかり平地などを歩かうものなら、地面を踏砕いてしまふので、大概は高山の嶺から嶺の上に凝と体を横たへてゐた。若し何処かへ行く必要があれば彼は素晴らしい巨大な馬に乗つて歩いたが、その時、大地は震動し、河は溢れ出し、森や林は風を起すといふ風であつた。

ある時、スウヤトゴルは例の巨大な馬に乗つて、広い野原へ遊びに出掛けたが、自分に匹敵するやうな力持ちには一人も逢はなかつた。で、彼は自分のうちに偉大な力を感じ、その力が血管をとつとと流れるのを覚えた。「おお、若しも大地に把手が付いてゐたら、俺は此の大地を持揚げて見せるがのう」

中学一、二年のころ、うちの本箱に昇曙夢《のぼりしよむ》訳「ロシア伝説集」と云ふ本を見つけた。むろん、前からあつたに違いひないので、見つけたと云ふのは、引張出してそれを読んだと云ふことである。大勇士、小勇士がつぎつぎと登場して、これらの勇士たちは、一読、簡単に当時の僕を魅了した。その後暫く「ロシア伝説集」は、僕の愛読書のひとつとなり、何遍繰返して読んだか判らない。いま考へると、何故そんなに愛読したのか一向に判らない。ここに引用したのは、その冒頭に登場する大勇士スウヤトゴルに関する文章の書出しである。小学生のころ「ホラ吹き男爵」の愛読者であつた僕も、この書出しには驚嘆せざるを得なかつた。

大勇士の方は、このスウヤトゴルの他にミクウラとかスフマンとかゐるが、僕がより多くの関心を持つたのは小勇士の方である。おそらく大勇士よりも人間的な親近感を覚えたからだらう。小勇士にはスウヤトゴルに大力を授かつたイリヤ・ムウロメツとか、ドブルイニヤ・ニキテイチとか、ヤリヨオシヤ・ポポイチとかがゐて、キエフのウラジミイル王の食卓につく勇士たちを僕は愛した。就中、僕が最も愛したのは、ドブルイニヤ・ニキテイチである。

僕がロシアの文学作品を読み出したのは、これから大分のちのことであるが、それらの作品に、かつて僕の愛読した伝説の勇士たちの分身らしいものを見出して興味があつた。僕の記憶に残る伝説の勇士たちを、作品のなかの人物に容易に置き換へることが出来た。「戦争と平和」でも「大尉の娘」でも、僕は僕の昔馴染に再会した気がしたのである。

換言するとこれらの勇士たちはロシア人の幾つかの性格の典型に他ならなかつた。同時に、この古い伝説は当時の僕に、これらの勇士たちが足をのせてゐる大きな土壌を強く印象づけてゐたらしい。むろん、当時の僕がそんなことを明確に意識してゐたわけではない。気がついたのは、大学生になつてからのことである。

ツルゲエネフの散文詩の冒頭に「農村」と云ふ一篇がある。その詩は次のやうな一行をもつて始まる。

七月を終る日。身を繞《めぐ》る千里、母なるロシア。

大学生のころ、この散文詩を読んで——正確に云ふとこの冒頭の一行を読んで、この一行が未知の世界でないことを感じた。僕の脳裏には、かつて僕の愛した古い伝説の世界が鮮かに甦つた。スウヤトゴルとかミクウラとかイリヤとか、大地に根を下したやうな勇士たちを知らなかつたら、「身を繞る千里、母なるロシア」なる一行も、僕には無縁の一行だつたかもしれない。ツルゲエネフには申訳ないが、散文詩はいま殆ど僕の記憶に残つてゐない。しかし、この一行だけは妙に印象に浅つてゐるのである。やはりそのころ、プロスペル・メリメの「ツルゲエネフ論」を読んでゐたら、僕の愛した偉大なる勇士イリヤ・ムウロメツについて、次のやうに書いてゐるのを発見した。

……ロシア農民はその想像上の代表者を彼らの国民伝説の中に有してゐる。それは即ちムーロムのイリヤといふ男である。これは大食ひで大酒飲みで、ちやうど吾が国でいへばアントムールのジヤンを思はせる男で、一種の道化た力持なのである。（神西清訳）

そのとき、これを読んでどんな気がしたか一向に記憶にない。しかし、イリヤを知らなかつたら、むろん、メリメのこんな失敬な文章も僕の記憶には残らなかつた筈である。

返還式

長いこと、僕は一冊の本を持つてゐた。中央公論社から出た島木健作の「再建」と云ふ本である。長いこと持つてゐたといつても、実は僕の本ではない。友人のT・Kの本であつて、扉にT・Kの筆で威勢よく――本書は発行後何日にして発禁となつた、と云ふ意味のことが書いてあつた。僕の手元にある以上、T・Kが貸してくれたはずであるが、そのへんのところはあいにく記憶にない。

まだ学生のころのことだから、爾来二十数年間借りつ放しになつてゐたことになる。その間に読んだ記憶がいつかうにないから、何のために借りたのかわからない。わかつてゐるのは、T・Kが兵隊になつてしまつて、本を返す機会がなくなつたと云ふことである。信州に疎開するとき、持つてゐた本をほとんど売り払つた。しかし「再建」は売らなかつた。

戦争が終はると、T・Kは元気で帰つてきて、僕のところにも現はれた。しかし、そのときは千島かどこかで命びろひをしたと云ふ話を聞いて、本の話なぞ忘れてしまつた。それから「再建」はまた長いこと、書棚の一隅に忘れられてゐた。その間、T・Kに会ふこともめつたにはなかつた。ところが去年、久し振りにT・Kと一緒に旅行したとき、ひよつこり「再建」を思ひ出した。そろそろ引き取つてもらはうか。まだ持つてゐたのか、と云ふことで、T・Kは少しばかりあきれてゐた。そこで日をきめて返還式を行なふことにした。

某月某日、T・Kはウヰスキイをかかえてやつてきた。僕は本を取り出した。

——ぢや返すぜ、長いことどうも……。

——いや、どうも。保管ご苦労さん。

それから、二人であつはつはと笑つて酒を飲んだ。飲んでゐると、二十数年と云ふ歳月の経過はたちまち消えてしまつて、目の前にゐるのは学生時代のT・Kとしか思へなかつた。

一冊の本

書棚に、中村地平氏の随筆評論を集めた「仕事机」と云ふ本がある。昭和十六年三月筑摩書房刊、定価二円二十銭、装釘者は三岸節子氏である。この本はもう二十数年、僕の手許にあるが、実は僕の本ではない。所有者は僕の友人秋山明であつて、このことは本を開くと一目瞭然となる。扉に中村地平の筆で肉太に次のやうに書いてある。

　雲は平凡でもぐるに似つかはしい姿で現れる　中村地平

　秋山明様

二十数年前、秋山明はこの本を僕に貸してくれた。まだ学生のころで、何故彼がその本を貸してくれたのか一向に記憶にない。また彼が中村地平氏とどの程度に親しかつたのか知らない。知つてゐるのは、彼が「地平さん」の小説の愛読者であり、その著者を何冊も持つてゐたことである。

秋山明は身体が大きくて、色が白くて、髭の濃い男であつた。あるとき、若いころのチエホフの横顔の写真を見てゐて、何となく秋山明を想ひ出したことがある。

——お前にはロシア人の血が入つてるんぢやないか。

冗談にさう云つたら、彼は真顔で、

——うん、満更さうでないこともないらしいんだ。

と云つた。それから、「さうでないこともないらしい」理由を話してくれたが、その方は悉皆忘れてしまつた。秋山明は東京の近県の人間だつたが、何でも何代か前は樺太辺りに住んでゐたらしい。

中村地平氏の愛読者である彼は、小説を書いてゐた。しかし、それは彼の図体に似合はぬ繊細な神経の滲み出た作品であつた。僕らは学校の近くの喫茶店で、よく僕らの小説の話をした。しかし、自分の作品を悪く云はれると彼はひどく不機嫌になり、ときには不意に立上つて店から出て行つたりした。

アメリカとの戦争が始まるとすぐ、彼は長い髪を落してくりくりの丸坊主になつて、僕らを驚かせた。

——どうしたんだい、一体？

——うん……。

秋山明は苦笑した。ラヂオの軍艦マアチを聞いて衝動的に床屋に飛びこんだと云ふのである。しかし、仲間の一人がそれを皮肉るやうなことを云ふと、このときも彼はむつとして店を出て行つた。

彼が坊主頭になる少し前に、僕は徴用で出発する井伏鱒二氏を東京駅に見送りに行つた。そのとき、中村地平氏もゐて、見送りに来た帝大の帽子を被つた学生と、何か熱心に話してゐた。そのことを、あとで秋山明に話すと、知つてゐたら見送りに行つたのに、とひどく残念がつた。

東京駅でもう一つ憶えてゐるのは、高見順氏が太宰治氏を摑まへて僕らの留守の間に大活躍するんぢやないかね、と云つて笑つてゐたことである。

秋山明から中村地平氏の話を聞いた記憶はないが、中村さんの噂は井伏さんや太宰さんから聞いてゐて、「地平さん」と云つた方がいいやうな身近な感じがあつた。「仕事机」には将棋に関する愉快な文章があつて、それに井伏さんや太宰さんも登場する。あるいはそんなことで、秋山明はその本を貸してくれたのかもしれない。

秋山明は卒業するとすぐ兵隊になつた。出発の前、あの本は帰つて来る迄預つておいてくれ、と云つた。俺は絶対死なないよ、とも云つた。僕は彼の言葉通り大事に保管してゐた。そして、いまに至るも保管してゐるのである。彼が戦死したために返せないのが、残念でならない。

自慢にならぬ寡作——読売文学賞を受賞して

夕方、勤め先の学校の研究室で、遊びに来た二、三の同僚や学生と一緒に茶を飲みながら雑談してゐたら、電話がかかつて来た。読売文学賞に決まつたと云ふ電話で、たいへんびつくりした。学生が

——先生、これから原稿料が上がりますね、五百円ぐらゐになるでせう。

といつた。同僚の一人が、五百円なんて、そんな非常識なことを云ふものではない、と学生をたしなめてゐたが、僕自身は何となく落ちつかぬ気分で閉口した。

受賞した作品集「懐中時計」が出たとき、友人の一人がお前はなまけ者と聞いてゐたが十年間にたつたこれだけか？　ときいた。この本には十一編の作品が収めてあるが、そのなかの三編は十年前の作品だから、平均すると年一作と云ふことになる。それであきれたのだらう。しかし、いくらなまけ者といつても年一作と云ふことはない。その何倍かの作品がある。気に入つたのを選んだらこれだけしかなかつたと云ふことで、この点はまことに恥づかしい。受賞の内定したあと、ある友人と酒を飲んでゐたらその友人が

――これからは、もつと手数を出したらどうだらう？

と云つて、なるほど、と聞いた。寡作と云つても、なかなからまく書けぬから寡作なので、一向に自慢にならない。もつとも十年前ごろは、ストオリイに興味があつて、いまよりは沢山書けた。プロットをもつつくり話に関心があつた。しかし、将来は知らず、目下のところはそんなものに対する関心はうすれてゐる。こんな具合になつたのは五年ばかり前に「黒と白の猫」を書いてからである。

この作品は女房の死を書いたものだがこれを一人称で書くとどうも書きにくい。「大寺さん」と云ふ人間を設定して距離をおき、一匹の猫を媒体とすることによつて、どうにか書きあげて気持ちの整理をつけた。「懐中時計」は死んだ友人の追憶だが、これも一個の時計を媒体としてゐる。僕の場合は、そんな媒体があつた方が書きやすい。死にまつわるさまざまの感傷が、そのまま作品のなかに顔を出すのはやり切れない。媒体があると、そんな感傷がそれに吸収されるやうで、何となくさつぱりした気分になる。もつともこれは僕自身の気持ちだから、人はどう見るかわからない。「黒と白の猫」も、白骨の上を風が吹くやうなものが書きたいと思つてゐたのだが、さう思ひ通りには行かなかつた。前に耕治人氏から「一條の光」をいただいて読み、大いに感動した。その耕さんと一緒に賞をいただけたのはたいへんありがたいことだと思つてゐる。

ある作家志望の学生

学校に入ると余程の差障りのない限り、やがて卒業と云ふことになるが、本人が卒業を希望しない場合もある。昔は三年で卒業するところを二倍の六年かかつて卒業する学生もあつた。他人の二倍学生生活を愉しんだかどうか、本人でないから判らない。十何年前になるが一人の学生がこんなことを言つた。自分は作家志望で小説を書いてゐるが、学校に来ても小説家になるのに役立つことは何もない。だから学校をやめたいと思ふ。それに、偉い作家のなかには大学中退と云ふ人が案外多いやうだから……。

何だか中退したから偉い作家になつたとも聞えるからをかしかつた。何校卒業、と云ふのは一種のレッテルだからレッテルが大事にされるところでは必要だらうが作家の場合は卒業は問題にならないかもしれない。同様に中退も何の関係もない。偉い作家はそれなりの才能があつたからで、卒業してゐたら作家として名を成さなかつたらうと考へるのと同様滑稽である。大体、学校に来て作家になれると思ふのが大間違ひである。中退を希望するのは君の勝手だが、大天才なら知らず、現在ゐる学校も卒業出来ないとは情ない。

さう言つたら、その学生は判りましたと云つたが結局中退した。それから三、四年経つてまた学校に戻つて来たから驚いた。さばさばした顔をして

——もう小説はやめました、やつぱり卒業します。

と云ふのである。卒業したくなつた事情とか心境を話してくれたがよく憶えてゐない。その学生はそれからめでたく卒業していまは郷里の学校で先生をしてゐる。

——このごろ何となくまた文章が書いてみたくなりました、この道には一生卒業はないやうです。

いつだつたか、そんな便りを寄越したことがある。

「千曲川二里」

大学生になる前、小さな同人雑誌に「千曲川二里」と云ふ短篇を載せた。千曲川沿ひの二つの村を訪ねたスケッチ風の作品で、尊敬する先輩にその雑誌を送つたら、半分褒め半分貶した返事を頂戴した。それで何となく小説を書いてみようと云ふ気になつた。

大学に這入つたら創作合評会と云ふ会があつた。学生の生原稿を「早稲田文学」同人の何人かの先生が読んで批評して、その裡の一篇を「早稲田文学新人号」に紹介する。大学一年のときこの会に出した短篇が新人号に載つて、切手で一円か二円貰つた。それが縁で早稲田文学には卒業するまでに三つ四つ作品を書いた。大学三年のとき、前に書いた「千曲川二里」に多少手を入れて載せて貰つた。暫くしたら編輯部から、お前の作品は赤塚書房版の「新進小説選集」に入れることにしたと通知があつた。緑の紙表紙の粗末な本で、それをいまでも持つてゐる。昭和十七年度後期版、とあるから年に二度出てゐたのだらう。早稲田文学、三田文学、他全国の同人雑誌から選ばれた九篇の作品が収録してある。満州で出てゐた「作文」と云ふ雑誌に載つた作品も這入つてゐて、如何にもそのころらしい。

それから十数年経つて、あるとき梅崎春生に会つたら梅崎さんは、僕は前からあんたの名前は知つてるんだと云つた。どうしてですか？　と訊くと、赤塚の本を見れば判ると云ふ。帰つて本を見たら、成る程、若い梅崎さんらしき写真が出てゐて吃驚した。その選集に梅崎さんは丹尾鷹一なる名前で「防波堤」と云ふ作品――後の「突堤にて」――を載せてゐる。梅崎と云ふ名はどこにもないから、それまでは別人と思つてゐたのである。

あのころ

大学生のころ、十人ばかりの仲間と「胡桃」と云ふ同人雑誌を出した。何故胡桃と云ふ名前にしたか憶えてゐない。同人の一人にロシヤ人の画家のブブノワ女史に画を習つてゐる男がゐて、この男がブブノワさんに表紙を描いて貰つた。緑の葉のかげから緑の実が覗いてゐて、気持ちのいい画であつた。みんな喜んで、その画を持つて乾盃してゐたら、いつのまにか画が紛失してしまつた。何軒か飲み歩いてゐるうちに、持つてゐた男が落とすかどうかしたらしい。手分けして探したが見つからないので、仕方がないからブブノワさんにもう一度描いて貰つた。別に御礼しなかつたから、図図しい話だが、ブブノワさんは気軽に描いてくれた。その友人がブブノワさんに胡桃の画を頼んだとき、ブブノワさんは、

——おお、くるみ、私の国の樹……。

と、回想的な眼をしたさうである。

この「胡桃」は二号が出て潰れてしまつた。同人雑誌は大抵さうだが、「胡桃」の場合もお金が集まらなくて潰れたのである。そのころは、早稲田の文学部に来る連中は、ほとんど

小説家か詩人、批評家志望の者ばかりで、たとへさうでない者でもさう云ふ顔をしてゐないと幅がきかなかつた。小説の一つも書いてゐると云はないと、莫迦にされたのである。

　学校では年に二回創作合評会と云ふものがあつた。集まつた学生の生原稿を、谷崎精二先生ほか「早稲田文学」同人の先生三、四人が読んで批評する会である。そのなかでいいものを一篇、「早稲田文学」新人号に紹介する。大学一年のとき、この合評会に出した僕の短篇が運よく新人号に載つて、切手で一円か二円貰つた記憶がある。金額は問題ではないので、新人号に載つたと云ふだけで、たいへん嬉しかつた。合評会は大抵、大学の近くの喫茶店の二階であつたが、自分の作品がどう批評されるかと、息づまるやうな気持ちで待つてゐるときの気持ちは、いま考へると懐しい。「早稲田文学」にはその後三つか四つ短篇を書いて、学校を卒業すると同人になつた。

　同人雑誌の方は、「胡桃」が潰れてからしばらくして「文学行動」と云ふ雑誌の仲間になつた。これはその後まもなく戦争で雑誌が出せなくなつて、一時休刊と云ふことになつたが、戦後まもなく復刊して、二、三年つづけたやうな気がする。同人はみんなもう学校を卒業してゐた訳だが、学生時代に変らず意気盛んで、復刊第一号が出たときは、仲間の何人かはリヤカアに机と雑誌をのせて数寄屋橋の橋の上まで運んで行つて、橋の上で雑誌を売つた。僕はそのころ母校に勤め出してゐて行かなかつたが、あとで話を聞いたら、売れたのは三冊だ

さうである。それも二冊は通りかかつた知人が買つた、と云ふよりは、

――おい、買へ。

と買はせたと云ふのが本当のところらしい。もう一冊は絶世の美人が買つてくれた、と仲間の一人は自慢してゐたが、買つてくれた恩誼に感じて、絶世の美人に昇格させたのだらうと思ふ。所謂営業雑誌に書いて原稿料を貰つたのは昭和二十四、五年ごろで「歴史小説」と「文學界」に作品を書いたが、このあと病気になつて、長いこと筆を執らなかつた。二十八年になつてやつと書く気になつて書いたのが「村のエトランジエ」と云ふ作品である。

「バルセロナの書盗」

一八四〇年のある晩、スペインはバルセロナのその名を知られた富豪ドン・マテイヤスの邸宅が火事になつて、翌朝焼跡から黒焦の屍体が発見された。

焼死体は邸の主人ドン・マテイヤスその人で、口に陶器のパイプをくわへて死んでゐたのである。

バルセロナ警察は直ちに出火の原因に就いて調査を行つたが、はつきりしたことは判らなかつた。出火の日、ドン・マテイヤスは友人の市長の所に遊びに行つて、数日前に古本市で競り落した世に一冊しか無いと云ふ書物の自慢話をして、頗る上機嫌だつたと云ふ。

自殺するとか、自ら放火すると云ふことは毛頭考へられない。

大体、この男はスペインでも有名な稀覯本の蔵書家で、書物の損失を怖れることは想像以上のもので、本が灰になると考へただけでも気が遠くなる筈であつた。召使達もこの主人の気質を呑込んでゐたから、間違つても火事を出すやうなことは無い。事実、調査の結果、召使達には不審の点は何も無いことが判明した。ドン・マテイヤスに怨恨を持つ者も見当らず、召使達にも落度は無い。さうなると、結局原因不明の失火と云ふことに落着かざるを得ない。パイプをくわへて死んでゐたから、その火の不始末ではないかと云ふ者もある。而もこんな他愛の無い推量が、一般に信じられるやうになつたりした。

ところが、これから一ヶ月ばかり経つたころ、ある朝街路上に死体が一箇転つてゐるのが発見された。胸を匕首で一突にやられたものと判る。当時一部の市民の間では、暗殺もしばしば行はれてゐたが、死者がバルセロナ大学教授で温厚篤実なドン・ガルシアと判明して見ると、何故殺されたのか判らない。判つたことはこの男も書狂の一人であつて、前夜晩く書店に行くと云つて家を出てゐる。しかし、死体に書物は見当らなかつた。

無論、警察はバルセロナ中の書店を虱潰しに調べたが、ドン・ガルシアが現れたと云ふ書店は一軒も無かつた。書店は何れも暮鐘と共に店を閉めるから、夜晩く書店に行くと云ふのも不思議な話である。

その後、これに似た殺人事件が何度か起つた。死体は何れも心臓を匕首で突かれてゐて、学士院会員のドン・フランシスコは河に浮いてゐるのを発見されたりした。奇妙なことに、殺されたのはすべて書物気狂で夜晩く書店に出掛けたらしい。一体どこの本屋へ出掛けたのか？　警察はバルセロナの書店を徹底的に調査した結果、一人の容疑者を逮捕した。この逮捕には、以前ドン・マテイヤスの邸の召使で、現在警官になつてゐるヴアレラと云ふ若者が大手柄を立てるのだが、それは割愛する。

逮捕されたのは、ドン・ペドロと云ふ中年の本屋であつた。夜晩く僧衣を纏ひ匕首を懐に歩いてゐる所をヴアレラの仕掛けた網に引掛つたのである。警察がドン・ペドロの店を捜査したところ、陶器のパイプをくわへて焼死したドン・マテイヤスが入手して市長に自慢した本、即ち世に一冊しか無いと云はれる本「アラゴン国列王紀略」が発見された。当然持主と共に焼失したと思はれてゐた本が、何故ドン・ペドロの手許にあるか？ この証拠を突きつけられて、ドン・ペドロは一切を白状した。

このドン・ペドロは、以前ポブラット僧院の僧侶であつた。生来書物が好きで珍本稀覯本の類を蒐集して、僧院内に書庫を持つてゐた。

ところがある年僧院が暴徒に襲はれ掠奪に会つたとき、ドン・ペドロの書庫は賊の放つた火のために綺麗に灰になつてしまつた。これでドン・ペドロの人生観が変つたのかどうか、それは判らないが彼は神に仕へる代りに書物に魂を売渡したらしい。バルセロナに出て来て本屋になつた。本は買込むがなかなか売りたがらない、妙な本屋だと思はれてゐた。専ら稀覯本の蒐集に熱中し、古本市に行つても狙つた本は大抵自分のものにする。

ある古本市に稀代の珍書「アラゴン国列王紀略」が現れたとき、ドン・ペドロは当然この世に一冊しか無いと云はれる本を手に入れようとした。しかし、ドン・マテイヤスの富にはとても及ばない。最後迄競り合つたが、その本はドン・マテイヤスの手に落ちた。ドン・ペドロは諦め切れない。道は一つしか無いと云ふ訳で、数日後ドン・マテイヤスの邸に忍び入り、主人に燭台で一撃を加へると珍本を失敬して火を放つたのである。第一の殺人の成功は彼に勇気を与へ経験を教へる。その後、店に来た客と取引の約束をする。相手の珍本と引替に自分の店の本を売る約束をするが、実は売りたくない。口実を設けて相手に夜晩く来るやうに云つて、帰つて行く相手を暗い路上で刺し殺すと本を取戻した。

ドン・ペドロは犯行を認めたが、弁護士は熱心な調査の結果、例の世に一冊しか無い筈の書物が実はルウブルにも一冊あると云ふ事実を突止めたのである。さうなると、唯一絶対の証拠と思はれた「アラゴン国列王紀略」も、証拠としては頗る不満足なものになる。ルウブルに一冊ある以上、まだ他にもあると考へても不思議ではない。ドン・ペドロの所にあつた本は、ドン・マテイヤスの邸から盗み出したものではないと云ふことも出来る。

ところが、法廷で弁護士のこの弁護を聞いたドン・ペドロは顔面蒼白となり、頭を抱へて泣出したのである。それから、激情を押へかねるやうな声で叫んだ。

——私は莫迦だつた。ああ、あの本は他にもあつたのか。あの本が、私が世に一冊しか無いと思つて手に入れた本が……。

これは二十数年前に書いた拙作「バルセロナの書盗」の荒筋である。無論小説に仕立てたのだが、この話はかなり有名でモデルと思はれる人物も実在したらしい。内田魯庵も紹介してゐるし、フロオベルも話は大分違ふが初期の「愛書狂」と云ふ短篇に書いてゐる。これは「バルセロナの書盗」を発表したら、それを読んだ「愛書狂」の訳者桜井成夫氏が教へて呉れて知つた。

フロオベルは主人公にジヤコモとイタリイ風の名前を付けてゐるが、魯庵に依るとドン・ヴインセントと云ふのである。何れにせよ、本泥棒にもいろんな人間がゐるが、殺人を犯して迄欲しい本を入手しようと執念を燃やす男は珍しい。

書狂の多くは稀覯本、珍本に眼の色を変へるが、これが昂ずると世に一冊しか無い本の所有者になりたがる。これは泥棒では無いが、昔イギリスの金持で珍本の蒐集家が、自分の持つてゐる世界に一冊しか無い筈の本がパリにもあると聞いて、じつとしてゐられない。早速パリに行つて、その本の持主に譲つて呉れと交渉したが相手は売物では無いと云つて承知しない。

強引に交渉を続けて、到頭何万フランとか云ふ莫大な金額で譲り受けた。満足さうにその本を受取つたイギリス人は、たちまちその本を煖炉の火に投込んだからフランス人は吃驚したが、当のイギリス人は「これで私の本は文句無しに世界に一冊しか無い本になりました」

と笑つたさうである。

このイギリス人は金持だから金で解決出来たが、その心理は人殺しのドン・ペドロと余り違ひは無い。

本泥棒に就いては内田魯庵が面白い話を書いてゐるから、以下それを二、三紹介する。ある有名な蒐集家が、ヴィクトリア女王の伯父に当るサセックス侯に自慢の珍本を見せた。何しろ大切な本だから一冊一冊函に納めてちやんと鍵が掛けてある。見せた後も鍵を掛ける。

身分の高い人にそんな真似をしては失礼かと思つて弁解した所、サセックス侯はにつこり笑つて、「さうですとも、鍵は掛けなきや不可ん、実を云ふと私も本泥棒なんだ」と云つたさうである。

ドン・ペドロは僧侶だつたが、矢張り僧侶で後に法皇となつた人物も本泥棒だつたと云ふ話がある。この人物は法皇イノセント十世で、法皇がまだロオマ法皇庁の下級僧侶だつたころの話ださうだが、あるとき枢機卿の一行に従つてパリへ行つた。パリでデュ・ムウチエと云ふ画家のアトリエを訪ねたとき、こつそり「トレント会議史」と云ふ本を法衣の袖に忍ばせようとした所を、運悪く画家に発見された。愛書家のデュ・ムウチエはかんかんに腹を立てて、泥棒をお供に連れて来るとは何事かと枢機卿に食つて掛つて、未来の法皇を蹴とばして家から叩き出したと云ふのである。

イノセント十世は法皇在位中、終始フランス人とフランス王に敵意を示したが、その原因はこの泥棒事件に由来すると云ふから本泥棒の根も怖ろしい。

デユ・ムウチエと云ふ画家はどんな画家か知らないが、この画家は自分も書盗の一人で、セエヌ河畔の古本の露店市で如何に巧みに本を泥棒するか、その技術を自慢してゐた男ださうだから、人を足蹴にする資格があつたとは思はれない。でも、さう云ふ男だから、他人に本を盗まれると余計腹が立つたのかもしれない。

もう一人、リブリ伯と云ふのがゐる。フランスの学士院会員で大学教授で、国立図書館の検閲官であつた。この人物はその職権を利用して、自分で検閲した貴重な書物や由緒ある手記原稿の類を、せつせと我家に運んで悦に入つてゐた。リブリ伯の罪は、ある図書館員の匿名の手紙に依つて発覚し、一八四八年起訴され、欠席裁判に依つて禁錮十年の刑を宣告された。

しかし、プロスペル・メリメなぞは元老院でリブリ伯を弁護して、最後迄その無罪を主張したさうである。図書館の検閲官が泥棒では、これを防ぐのは容易なことではあるまい。

リブリ伯はロンドンに逃亡し、その盗品の書物がどうなつたかと云ふ話もあるが、長くなるからこの辺で止めて置く。

V

将棋漫語

菊池寛氏に「将棋の師」と云ふ極く短い作品がある。京都大学の学生だつたころ将棋を教へて貰つた床屋の親爺を、有名になつた菊池寛氏が訪ねて行く話で愛情のこもつたいい短篇である。

僕の「将棋の師」はYと云ふ万年筆屋の親爺である。東京の片隅に小さな店を持つてゐた。店も小さいが本人も小さい。五尺に足りぬぐらゐの男であつた。それでも泥鰌髭なんか生やして偉さうな顔をしてゐた。たしか、中学生のころだつたと思ふが房州の海岸で、同じ宿に泊まつてゐたこの親爺に将棋の手ほどきを受けたのである。殆ど毎日のやうに、旅館の庭の木蔭に盤を持ち出して指した。

ときどき、旅館の客や通りすがりの漁師が覗きに来たが、僕が弱すぎるので見てゐてもつまらないからすぐ行つてしまふ。しかし、なかには僕に助言してゐる裡に僕を邪魔者扱ひにし始め、

――ちよいとどいて下さいよ、私がやつつけてやる。

と僕をどかしてしまふ男もゐた。しかし、親爺は泥鰌髭をつまみながら大抵は負けなかつた。そこで僕はその親爺が猛烈に強いのだらうと思つた。どのくらゐかと訊いたら、まあ初段格でせうな、とすましてゐた。東京に戻つてからも偶に遊びに行くと喜んで将棋の相手になつてくれた。が、僕は普段指すことは殆どなかつたから一向に上達しなかつた。

僕が将棋に少し本気になつたのは大学に這入つてからである。這入つたばかりのとき知り合つた友人と試みに将棋を指したら、文句なしに負けてしまつた。そのころはもうYと指して十回ぐらゐは勝てるやうになつてゐたから、僕も満更でないと思つてゐた。それが、この学生と指したら全然歯が立たない。よつぽど強いのだらうと思つたら、五六級だと云つたので頗る面喰つた。そしてやつと、親爺の云ふ初段格とはとんでもない法螺だと気がついた。

そのころ、いま日向の図書館長をしてゐる中村地平氏が「仕事机」なる随筆集を出した。そのなかに「将棋」と題する一文があつて、あるとき若い文士仲間が集つて「一体何が楽しみで生きてゐるのだらう?」と云ふ話になつたとき一同異口同音に「そりや将棋があるからさ」と叫んだと書いてあつた。僕も文士にならうと思つてゐる以上これら先輩にひけをとつてはならぬ、と思つたわけでもないが、ともかくこの文章のおかげかどうか知らぬが僕も何やら将棋にうつつを抜かすやうになつた。そのうち、僕の「将棋の師」は僕に負け越してひどく口惜しがるやうになつた。

——初段にしちや弱いな。

と云ふと余計口惜しがつた。

しかし、この親爺と指すのは年に一二度のもので、そのころの僕の好敵手は井伏鱒二先生と、いま岩波書店の文庫の責任者みたいになつてゐる玉井乾介である。玉井と僕とやると十分経たぬ裡に一局終つてしまふ。一度この調子で目白の玉井の家で徹夜で将棋を指したときは、二人ともふらふらになつた。と云つてすぐ眠れさうもないので夜明けの街を雑司ヶ谷墓地まで散歩した。そのとき、お墓の石が駒に見えたのには我ながら驚いた。

しかし、玉井と僕はいつもこんな具合に指してゐたのではない。大抵は四五番で止めてゐた。ところが井伏さんとなると、尠くて十番、多いと二十番ぐらゐ指されてまだ物足りなさうな顔をされるからかなはない。学生時分は僕の方が井伏さんより少し強かつた。五番指すと三番ぐらゐは僕が勝つた。ところが、十番二十番となると話が大分違つてくる。

ある朝、井伏さんをお訪ねすると、

——今日は原稿を書かなくちやならないんだ。それで早起きした。

と仰言る。恐縮して失礼しようとすると、三番勝負しようと云はれる。三番だけと念を押されるので、御仕事のことも気になつたがともかくやつてしまつた。やつたら三番とも僕が勝つた。すると井伏さんは、三番勝負だよ、なんて申されたことはすつかりお忘れになつた

らしく、

——君、早く並べないか。

と催促された。と云ふわけでその日は丸一日お相手して、結局僕が大きく負け越してしまつた。体力戦となると、とても太刀打出来ない。こつちはフラフラになつて何が何だかさつぱり判らなくなる。やはりそのころ、ある若い人が井伏さんにこの手でいぢめられて、たうとう真夜中ごろになつて、

——もうかんべんして下さい。

と、泣き出したと云ふ話がある。

ところが戦後は、別に体力戦でもないのに僕は井伏さんに負け越すやうになつた。そんな筈はない、と昔を想ひ出して指すが負けてしまふ。ひそかに按ずるに、井伏さんの書斎にある将棋全集が曲者らしい。おまけにいつぞやは、原田八段に聞いたと云ふ端歩《はしふ》攻めの手で僕を悩まされた。かうなると、僕も少し本でも読まなくちやなるまい。

去年、井伏さんの出された随筆集「点滴」に「将棋」と云ふ文章があつて、その結末は次のやうになつてゐる。

「今日、これから私は関前と云ふところへ将棋を指しに行く。無論、そこには私より弱い人がゐる。王手飛車をして、『待つてやらうか。』と云ふのも悪くない気持である。現在それが

眼前に見えるやうなものである。」

この弱い人が、他ならぬ僕であるからがつかりする。それに井伏さんは王手飛車なんかなさつて、ああ、いい気持だ、俺は将棋の天才ぢやないかしら？　なんて申されるから鈍根の僕はそれだけで精神的打撃を蒙る。僕の目下の念願は、井伏さんを徹底的に負かして、俺は将棋の神様ぢやないかしら？　と云つてみたいことである。

目下のところ、僕は井伏さんのお相手をするほか偶に天狗太郎と指すぐらゐである。万年筆屋の親爺とは、戦後一度あつて指したが僕が簡単に勝つた。あまり弱いのでがつかりするほどであつた。しかし親爺は、

——私も本気で指すと負けやしません。しかし、私の手ほどきが良かつたんで、あんたがこれまでになつたと思ふと本望です。

と、威張つてゐた。しかし僕にすれば、最初の師匠がヘボだつたからいつまで経つても手が上らぬと邪推してゐるのである。

先日、天狗太郎が吉岡達夫と拙宅に遊びに来た。天狗太郎と将棋を指してゐると、そこへ学生が二人遊びに来た。一人は碁で一人は将棋をやると云ふ。そこで僕は碁盤に向ひ、天狗太郎はもう一人の学生と将棋盤に向つた。吉岡は観戦武官であつた。吉岡はいつだつたか近所の小学校三年の男の子と将棋を指して惜敗した腕前の持主である。爾来、賢明なる彼は、

専ら観戦武官の立場を固守してゐる。

ところが、碁の方が中盤にも達しない裡に将棋の学生はつづけて二番も負けてしまつた。するど観戦武官の筈の吉岡が、突如勇気凜凜としてその学生に挑戦した。僕は吉岡に忠告した。

——おい、止した方がいいぜ。

しかし、吉岡は自信たつぷりで始めた。暫くすると吉岡が大声で僕に呼びかけた。

——どうです、おい、見てくれよ。

驚いたことには、学生が惨敗してゐるのである。結局、吉岡は三番指して三番ともその学生に勝つた。学生が帰つてから吉岡は云つた。

——あんな下手糞な奴もゐないな。

僕もそんなに弱い男にはいままで御目にかかつたことがない。それが、最初天狗太郎と指すときには、ぢやんけんで先手を決めませう、とか云つてゐたのだからその度胸だけは天下一品と云つてよい。しかし、このときから、吉岡の腕前がちよいとばかり上つたらしいから妙なものである。

カラス天狗

碁の方には早慶戦と云ふのがあつて、早慶両校の天狗教授連が各十名ばかりづつ相会して鎬を削る。第一回は早稲田に凱歌があがつた。近く第二回が行はれるらしい。

——ひとつ、将棋も早慶戦をやらうぢやないか?

と云ひ出したのはドイツ語のヨネ氏と物理のマツ氏である。云ひ出したのは去年の暮ごろであるが、その後、別に具体化する気配もない。

大体、早稲田の僕らの研究室に将棋が流行り出したのは二年ばかり前からである。二年ほど前のある日、ヨネ氏が僕を摑まへて、

——君、将棋指せるの?

と、失礼な質問をした。僕は本来人間が温和しく出来上つてゐるから、この無礼な質問に対しても、つつましく答へた。

——うん、わしは指せるよ。

するとヨネ氏は早速僕をつれて、理工学部の金属科の研究室に赴いた。そこにはカワ氏と

云ふ先生がゐて、

——やあ、負けに来ましたね。

と云ひながら、早速、折り畳式の盤と駒を出して来た。ここで、僕はヨネ氏と始めて一戦交へたのである。ヨネ氏と指し始めて、僕は驚いた。僕はそれまで、井伏鱒二氏や天狗太郎と将棋を指したりしてゐたが、一局一時間もかかることは滅多にない。大抵、二三十分で片附いてしまふ。ところが、ヨネ氏は哲学科出身で、ドイツ語と哲学を講じてゐるだけあつて、人間が観念的に出来上つてゐるらしい。幾ら考へても飽きる風情がない。

僕が一手指す。するとそのたびにヨネ氏は、ふうん、とか云つて徐ろに烟草に火をつけたり、お茶をすすつたりして、十分も二十分も考へてゐる。焦れつたいこと夥しい。

——ずゐぶん、長考するんだな。

と呆れたら、カワ氏が傍で註釈を加へた。

——今日はまだ早い方ですよ。このあひだは二人で四時間かかりました。

僕はがつかりして二の句がつげなかつた。そのためでもあるまいが、僕の形勢頗る悪く危く負けさうになつた。が、ヨネ氏は長考のあげくつまらぬ手を指して、結局、僕が勝つた。するとヨネ氏は云つた。

——君も、ちよいと指せるね。

審判格のカワ氏は、ではいまのを並べてみませう。と云つて駒を並べなほして、ここはかう、なんて云ひながら、

——この形は名人戦の何局目にありました。

とか、

——これは△△八段と△△七段の対局に出ましたね。

とか批評したので、僕は内心カワ氏は相当の腕前の持主だらうと考へた。それから、僕らは近くの小料理屋に行つてお酒を飲んだ。飲んでゐる裡にカワ氏が、一局どうですか？と云ひ出した。

——ここに盤があるんですか？

と訊くと、このときカワ氏はにこりと笑つて持参の鞄のなかから、携帯用の盤を取り出したのには全く驚いた。それから僕はカワ氏と一戦を交へた。大いに緊張してやつたところが、どうもカワ氏は僕が思つたほど強くない。忽ち僕が負けると思つてゐたのに、案に相違して僕の勝利に終つた。あとで僕がヨネ氏に

——カワ氏はもつと強いんぢやないの？

と訊ねたところ、ヨネ氏は答へた。

——彼は実力は俺より下だよ。ただ、名人戦とか何とか持ち出しておどかすんだよ。

尤も僕はカワ氏に訊いたことがないから判らないが、カワ氏は屹度《きつと》から云ふにちがひない。

——ヨネさんは僕よりずつと弱いよ。

これがきつかけみたいになつて、僕らはちよいちよい将棋を指すやうになつた。さうなると、いちいちカワ氏の研究室まで行くのもたいへんだからと云ふわけで僕らの研究室にも折り畳の盤を備へつけることにした。その盤の寄贈主がマツ氏である。マツ氏は将棋の話が出ると、すぐ胸のポケットから定期入れを出して見せる。定期入れにはちやんと連盟の「七級」の証明書が這入つてゐる。それを出されたら、まづ小一時間はマツ氏の天狗話を聞かされると覚悟を決めねばならない。何しろ、定跡についていろいろ蘊蓄を傾けてから、結論として、

——まづ、この研究室で番附を作ればさしづめ僕は横綱で皆さんは十両級でせうな。

と威張られるから、一向に有難くない。しかし、横綱にも弱い横綱があるやうに、このマツ氏の横綱もちよいちよい土俵に転つて、

——いまのは研究のつもりで指したんだけど、やつぱりあの手はよくないな。

なんて云ふ。その研究心の旺盛なことだけは感心するほかない。盤がひとつ備はると、英語のスズ氏やドイツ語のニシ氏も手に手をとつて将棋に熱中するやうになつた。この話を天狗太郎にしたら、彼は早速、折り畳みの盤と駒を進呈してくれた。だから、授業のあいた時

間には、僕らの研究室には必ずパチパチ駒の音が聞こえるやうになつた。大体、みんな同じくらゐの棋力だと云つてよい。大抵、勝つたのは覚えてゐて負けたことは忘れてゐるから、一人一人に訊けば自分が一番強いと云ふ。一度、僕とヨネ氏と指してゐたとき、僕のところに学生が訪ねて来た。ちよいと待つててくれよ、いますぐ負かすから、と云つてやつてゐたが、何しろ相手は長考癖のあるヨネ氏だからなかなか終らない。盤面は明らかに僕の方が劣勢で、早く詰めて貰ひたいのにヨネ氏は一向に詰めてくれない。投げ出すのも癪だからやつてゐたら、学生は焦れつたさうな顔をして云つた。

——先生、今日はもう御授業はないんですか?

——いや、あるよ。二時から。

——へえつ、もう二時半ですよ。

——ほんとか、おい。

僕は吃驚して立ち上ると、ヨネ氏も二時から講義があるから、ぴよんと立ち上つた。それから、二人は狼狽てて教場へ駈けつけた。かうなると、些か考へなくちやならない。大体僕が授業に行くべく廊下を歩いてゐてマツ氏に会つたりすると、

——やあ、敵に後を見せるとは卑怯。

なんて云ふ。授業に行くんですよ、と云ふと、ああ、授業があるの、と始めて気がついた

やうな顔をする。それほど将棋熱は猖獗《しょうけつ》を極めてゐるのである。先日、天狗太郎が僕の研究室に遊びに来た。そこへ、マツ氏やヨネ氏も集つて来ていろいろ雑談した。当然の成行として将棋の話になる。

——さうだな、僕がほんたうの実力を出したら天狗さんに負けないな。

と、マツ氏が云つた。

——さうですか、ぢや、いづれ黒白を決めませう。

と、天狗太郎が云つた。

——天狗より強いのは何だらう鬼か？　なら僕は？　天狗大太郎とつけようかな。

と、ヨネ氏が妙なことを云ひ出した。

——いや、僕は大天狗がいい。

と、云つた。すると、天狗太郎がにやにや笑つて云つた。

——烏天狗とか木の葉天狗つて云ふのもありますよ。そんな名前はどうでせう？

むろん、そんな名前は軽く一蹴されてしまつた。しかしいづれにせよ、僕らはみんな天狗であることには間違ひない。そして、こと将棋に関する限り、僕らの研究室は至極天下泰平である。その泰平の空気のなかで、天狗たちがパチパチやつてゐる。しかし、どうも大天狗の風格のある天狗は見当らずいづれも烏天狗ぐらゐにしか見えないのは洵《まこと》に残念至極である。

将棋敵

テレビを観てゐたら若い女が、将棋を打つてゐる、と云つて甚だ耳障りであつた。碁は打つもので将棋は指すものと心得てゐるが、それを混同されると面白くない。テレビの芝居で碁や将棋をやつてゐる場面が出て来ることがあるが、何となくむづむづする。手つきなんかどうでもいいやうなものだが、何だか変な手つきで石をつまみ上げたり、駒を動かしたりするから、その役者は大根ではないかと思ふ。尤もそんな場面は、簡単に終りになると相場が決つてゐるやうである。一方が妙な恰好で石を置くと、相手は尤もらしい顔をして、それまでですな、とか云つて次の場面になる。時代劇だと、女だか男が現はれて、

——一大事でございます。

と報告して勝負は簡単に中止になつてしまふ。まるで、やめるきつかけを待つてゐたやうに見える。何の未練もない。それなら始めから盤に向はなければいいのである。

碁敵と云ふ言葉はあるが、将棋敵と云ふのは聞いたことがない。何だか語呂も悪いやうに思はれるが、仮に、将棋敵と云ふ言葉を用ゐるとして、すぐ思ひ浮ぶのはNさんである。N

さんは画家だから家にゐることが多い。将棋を指したくなつて、Nさんの家に行くことがある。電話で此方へ誘ふこともある。

——それぢや、すぐ行きます。首を洗つて待つてゐて下さい。今日は調子がいいですよ。

此方は軽く一蹴するつもりだから、そんな妄言には取合はない。ひとつ、全勝してやらうかと期して待つてゐると、Nさんはなかなか現はれないから物事の順序が狂つて来て困るのである。

——遅いな、どうしたんだらう？

——電話して、まだ三十分も経つてゐませんよ。

と家の者が云ふが、此方は一時間ぐらゐ経つた気がする。その裡に焦れつたくなつて、いらいらする。先方の都合は考へないから、すぐ行くと云つたのに何をしてゐるのだらう？怪しからんと思ふ。待ち草臥れて、ベッドに寝転んで詰将棋の本を見てゐると、決つて睡くなるから不思議である。

——Nさんがお見えになりました……。

と起されたときは、頭がぼんやりして先刻の鎧袖一触《がいしゅういっしょく》の意気込みも消えて、何だか中途半端な気持である。仏頂面をして、遅いですね、と云ふとNさんは晴晴とした顔で、

——宮本武蔵は遅く来るものです。

いつからNさんが武蔵になつて、此方が小次郎になつたのか判らないが、寝惚眼の小次郎ではその腕前も一向に冴えないのである。かう云ふNさんは好敵手なんて云ふものではなくて、あくまで「将棋敵」だと思ひたい。

詰将棋の本

ベッドの枕許の棚に、詰将棋の本が十数冊、睡眠薬替りに積んである。酔つたときは別だが、寝床に這入ると一番上の本を手に取る。詰手を考へてゐると、大抵四、五題と進まない裡に何となくもやもやして睡くなるから、電気を消してぐつすり眠つてしまふ。その本が片附くと、一番下に入れる。だから同じ本を何遍も繰返して見ることになるが、その間にかなり長い時間が経過してゐるから前のことは忘れてゐる。忘れてゐる方が都合がいいのである。

そんな習慣がついてゐるから、去年半年ばかり倫敦で暮すことになつたときも詰将棋の本を持つて行つた。以前、二上八段から頂戴した「二上達也作品集」と云ふ本で、これも大分古ぼけてゐる。紙の盤と駒の入つた袋も持つて行つたが、これは倫敦にゐる若い友人と指すつもりである。

倫敦行の飛行機に乗つたら、背後の席に英吉利人らしい老紳士と中年紳士が坐つてゐた。連れかと思つたが、さうではなかつたらしい。手洗に立つたとき見たら、老紳士は日本語の本を読んでゐた。どの辺を飛んでゐるときか忘れたが、背後の二人が将棋の話を始めたから、おやおやと思つた。

——それはジヤパニイズ・チエスの本のやうだが、貴方はシヤウギをなさるのか？

と中年紳士が訊いたから老紳士は将棋の本でも出して見てゐたらしい。

——興味はあるが、良く出来ない。

と老紳士が答へる。

——シヤウギは面白いですね、取つた敵の駒をまた使ふ、そこがチエスと違ふ、そのため非常に複雑になる。

——左様、たいへん面白い。その替り非常に難しくなります……。

そんな話をして笑つてゐる。さう云ふ話なら小生も一枚加へて頂きたいと云ひたいのを我慢したが、将棋の話をする外国人がゐるとは知らなかつた。倫敦には碁のクラブはあると聞いてゐたが、将棋の方はどうなのかしらん？　コペンハアゲンの空港で小憩したとき老紳士に訊いてみたら、

——私の知る所ではシヤウギのクラブはありません。

と意外にも上手な日本語で答へた。

老紳士は倫敦の住所と電話番号を紙に書いて呉れたから、国際試合をやるつもりで、倫敦に着いて二、三週間経つたころ電話しようと思つたらその紙が無い。手帖に挿んで置いて落

したらしい。残念な気がしたが、あるいはやらなくて良かつたかもしれない。倫敦の家では、若い友人とときどき将棋を指した。東京では大体五分五分だが、どう云ふものか倫敦では三対零、四対一ぐらゐの割合で勝つからいい気分である。

——倫敦はいい所だね……。

と云ふと、負けた友人は

——下宿の飯が不味いせゐです。

なんて情無いことを云ふから、将棋の終つた後は娘の作る料理を出すことにした。豚カツに味噌汁、海苔等を出してやると、こんな御馳走を頂くとこの次また負けなくちやいけませんね、と生意気を云ふが、そんな戯言も勝者の耳には快い。

知人の息子にサイモンと云ふ十六歳の少年がゐて、チエスが強いと自称するから将棋の弟子にしようと思つた。しかし、教へ方が悪かつたのか才能が無かつたのか一向に芳しくないから、諦めて碁の弟子にした。外国人には、将棋の駒はなかなか馴染めないのかもしれない。

——倫敦ではよく眠れましたか？　土地が変ると寝つかれないと云ひますが。

と何度か訊かれたことがある。

——良く眠れました。何しろ詰将棋の本を持つて行きましたから……。

さう答へると、大抵相手は怪訝な顔をする。

白と黒

将棋は昔から知つてゐたが、碁を覚えたのは戦後である。覚えたら、こんな面白いものはないと思つた。のみならず、僕の碁の才能は尋常のものではないらしかつたから、ますます碁に熱をあげた。僕に碁を教へてくれた人物は、自ら田舎初段と称してゐたが、一年と経たない裡に僕はこの田舎初段に三目置かせる状態になつてゐたから、あるいは天才ではなからうかと思つても不思議ではない。

あとになつて、この人物の腕前は十級程度と判明したのは甚だ残念だが、面白いことに変りはないから相変らず熱をあげた。

そのころ、近所に小田嶽夫氏が住んでをられて、昼すぎになると、御免下さい、と小田さんが現はれる。夕方になつて、小田さんがにこにこしながら帰つて行かれると腹の虫が治まらない。翌日は此方から出かけて行つて小田さんを負かさないと気がすまない。逆に僕が勝つと、小田さんは翌日早くからやつて来て寝てゐる僕を起すのである。さうやつて殆んど毎日のやうに碁を打つて飽きなかつたのは、碁に憑かれてゐたのだらう。そのころ、小田さんは僕に二子か三子置いたと思ふ。碁を打つ以上、強くなつた方がいいのは当然だが、そんなことはあまり考へない。小田さんと打つてゐるのが面白かつたので、従つて一向に上達はしなかつた。

何年かして、小田さんが引越されて、それからは相手がゐないのであまりやらない。たまに若い友人とやつても、前に三、四目置かせてゐた筈なのに此方が黒を持つやうな状態なので面白くない。後の雁が先になる悲哀を味はつてゐると、偉さうなことを書きたいがさうも行かない。たいへん、残念である。

囲碁漫語

早稲田と慶應の教師連中で碁の早慶戦なるものを定期的に開催してゐる。先日の回には僕も参加した。しかし、僕はこの会について云云する資格に乏しい。何しろ、今度初めて参加したにすぎない新参だから、偉さうな口がきけたものぢやない。会が終つて——生憎慶應が優勝杯を獲得したが——別室で晩餐会があつた。その席上、テエブル・スピイチがあつて列席の紳士がつぎつぎと「わが碁歴」なるものを披露した。

聞いてゐると、その殆んどが子供の時分、学生時代に碁石を手にとるやうになつたと云ふ。大体五十、六十年輩の紳士が多かつたけれども、まづ三十年、四十年、もしくはそれ以上碁に親しんでゐることになる。その一人のI氏がかう云つた。

——あそこに坐つてゐるオヌマさんは私の弟子でありまして、六目ぐらゐから手ほどきしてやつたのでありますが、このごろは互先《たがいせん》とか自惚れてをります。なに、私に云はせればまだまだ……。

僕はI氏に弟子入りした憶えはないが、さう云はれても仕方がない。六目置くぐらゐのときから I 氏の家に出かけたのは事実である。もう三年になるかもしれぬ。

　僕が碁を覚えたのが昭和二十五六年だから、僕の碁歴たるや十年にも足りない。そのころ、近所にたいへんお節介な男がゐて、碁ぐらゐ知つてなくちやいけません、と云つて僕に碁を教へてくれた。女房の兄貴のところにあつた折畳みの盤と石を借りて来たら、その男K君は暇なときちよいちよいやつて来た。

　一応ルウルを教へてくれて、さてやつてみたけれども、さつぱり判らない。多分、教へ方が下手だつたのだらう、と邪推せざるを得ないが、ともかく「ああ、さうですか。しからばこつちはかう打つて……」とか云ひながら、僕の石を簡単にとつてしまふ。どうしてとられたかも判らないのである。さうかと思ふと「ああ、いいところにお打ちになつた」なんて感心してみせる。しかし、僕の方はいい加減に打つたのに、いいところなんて云ふから面喰ふほかない。碁と云ふ奴は甚だ幽玄なものだから、気が短くて面倒臭がりの僕には本質的に向かないのかもしれぬ、と些か面白からぬ心境になつたりした。

　ところが、始めて二年近く経つたころである。そのころ、僕はK君に四目置くぐらゐの状態になつてゐたが、ある日、奥多摩のある古寺に招ばれて行つた。K君も同行した。御馳走になつてから、二人で早速盤に向かつた。すると、たいへん奇妙なことになつた。と云ふのは、三番手直りで打つてゐたのだが、僕が三連勝して、三目に昇格したのである。瞬くまに二目になり、先になり、夜が明けかけて鶏の声が聞こえるころには、僕がK君に三目置かせることになつた。主客転倒も甚しいと云ふものだらう。この成果からして、僕がひそかに俺にも相当の才能があるらしいな、と自惚れたとしても止むを得ないだらう。

事実、古寺から帰つてやつてみたけれども、K君はやはり僕に三目置く状態であつた。僕の実力は一夜にして目ざましい進歩をとげたのであつて、これにはK君も至極合点の行かぬ顔をしてゐた。本人の僕自身にもさつぱり訳が判らなかつた。何しろK君は自ら六級だと称してゐたから、僕は三四級はあることになる。将棋と較べて、何だかたいへん甘いやうな気がしたが、K君以外の相手と打つたことがないから、そんなものだらうと思ふことにした。

I氏が、僕に碁をやるかと訊いたのは多分、そのころだつたらう。僕はI氏に、二年ほど前から始めたが、六級の先生に三目置かせる腕前になつたと正直に告げた。するとI氏はひどく疑はしさうな顔をして、

——へえ、その六級も怪しいんぢやないかな、まあ、よかつたら家へいらつしやい。やつてみませう。

と云つた。

I氏は自ら二級ぐらゐと仰言る。ある日僕はI氏の家に行つた。何万円とかの立派な盤と石でやるので、折畳みの盤で修業した僕はちよいと勝手が違つた。最初が僕が先でやつた。

が、三四級の筈の僕はコロリと負けてしまつた。二目置いてもコロリ、三目でもコロリ、とうとう六目置かざるを得なくなつた。そんな筈はないと思つたがどうも仕方がない。

この結果、僕は自分にたいして才能なんてないのだと、悟らぬわけにはいかなかつた。また、六級と自称するK君も事実は十二級程度だと思はぬわけにはいかなくなつた。

——どうも変だな。

僕が呟くとI氏は云つた。

——変なことはないさ、弱い人は負けるんですよ。

I氏のお宅にはその後、月に一二度ぐらゐの割で行つた。行くと、I氏の近所の人でA氏と云ふ痩せて眼鏡をかけた老人がよく来てゐた。I氏の話だと、殆ど毎日か一日おきに来てゐると云ふことだから、よく会つたとしても不思議ぢやない。I氏とA氏は同じくらゐの腕前らしかつた。

A氏は、形勢がよくなると、よく歌を歌ひ出した。敵は幾万ありとても、とか、守るも攻めるも黒がねの……とか、勇ましい軍歌調の奴から、春高楼の花の宴……とか、青葉茂れる桜井の……とか、たいへん調子外れに頓狂な黄色い声で歌ひ出す。最初、歌を聞いたときは僕は大いに吃驚した。

——また、始まつたね。I氏はさう云ふ……。どうも、その歌を聞くと、耳ざはりで悪い手を打ちます。

——さうですか？　どうぞ悪い手を打つて下さい。ああ、玉杯に花受けて……。

僕はこの二人の老人を見てゐる方がはるかに面白かつた。形勢が悪くなると、A氏は急に、さあ弱つた、困つたな、と叫ぶ。

——弱ることはないでせう。いやしくもAさんともあらう人が、そんなことで弱る筈がない。

石が死んだりすると、A氏は頭をかかへてヒヤア、と叫ぶ。僕もA氏と何回か打つたけれど、やはり最初は六目ぐらゐ置いた。

いつかよく判らない。多分、I氏に三目ぐらゐに昇格したころだらう。ある日、僕はI氏に訊ねた。

——このごろ、Aさんはどうですか？

——ああ、御存知なかつたの？　とI氏は云つた。あの人は亡くなりましたよ。

僕は驚いた。どうして死んだのか、いまはよく憶へてゐないが、ともかく、あの賑やかなA氏が死んだと聞くと淋しかつた。

僕はその後、多少進歩して目下I氏と互先の腕前になつてゐる。I氏は去年、初段を貰つた。I氏は実力相応と云ふ。が、僕の友人の口の悪いのは、あれは御老体に敬意を表する意味の初段で……とか何とか云ふ。だから、僕自身も、I氏と互先だから初段格なんて大それたことを云ふ気はない。早慶戦のとき、僕は一勝一敗であつた。僕の念願のひとつは、

——あそこに坐つて居られるI氏はかつて僕に六目置かせたのでありますが、いまは、僕に二目置く有様で……。

と披露したいことである。いつのことやら判らない。K君は引越してしまつて、その後全く会はない。

Ⅵ

文芸時評

同人雑誌作品評（一九四三年六月）

ただ、力作を、異常な作品を、と云ふのではない。また、野心をと云ふのでもないが、しかし、四五冊の雑誌の作品を通して、同一人の名前を冠しても敢て失礼には当るまい、と思はれるものが尠くない、と云ふのは甚だ奇妙な現象である。たいした失敗もやらぬ、その替り――これは軽んずべきでない――たいした感銘も与へることなく、多少の諧謔と、多少の感傷、多少の思考で身の内外を、謂はば好ましいと云ふ極めて漠然とした形容詞で呼んでも差支へない程度に書き記してゐる作品が尠くないのは遺憾である。私は、独自の眼、の有無について一言したにすぎない。

それから、希望のある、希望をもたせた終末の作品が多い。つまりハツピイエンドである。いろいろ理屈もつけられよう――それは悪い傾向ではない――が妙に、故意《わざ》とらしさを感ぜしめるのは、残念である。通読した四月号の雑誌は「**文藝主潮**」「**文藝台湾**」「**京都文學**」

「辛巳」「昭和文學」である。「文藝台湾」「昭和文學」は短篇特輯、「京都文學」はあとがきによると一年間の作品の集成なる短篇集である。

「文藝主潮」

「砂の静寂」（鈴木悌二）マホメットがカジヂヤによりイスラム教を見出すことが書いてある。かかる題材を捉へて来た作者に敬意を表したい。が肝腎の悟りを得るところが――あるいは作者は故意に避けたかもしれぬ――説明不足である。そのため四分の三前半が重くなつてゐる。更に、アラビアを、あるひはアラビアらしさを現はすために用ゐた挿話が、用語が、道具立てが生きてゐない。謂はば、かかる題材を捉へて来た作者は、全般を通じ、隔靴掻痒の作品を書いた気味がある。

「奇跡」（三村亜紀）少しく冗漫である。人物も心理も、陳腐に描かれてゐる。

「凡俗の途」（杉浦精太郎）一小市民兵六の平凡な日常生活の味気なさ、苦しさが、ユウモラスな筆致で、明かるく書かれてゐる。凡俗を振りまはすのでもなく、好感のもてる凡俗の作である。時間の都合で連載ものは失礼した。以下の他誌も同断である。

「文藝台湾」

「牛のゐる村」（西川満）ある学会に出たついでに〈私〉が、昔の憧れの女性を訪れた話である。現実と追憶を交へ淡淡と書かれてゐる。手慣れた筆法らしく、安心してよめる。

「郷愁」（周金波）ユウモラスに書いてあるがそれがつくりものであり、軽薄である。本島人が内地をなつかしみ、自らの生地を幾分か白眼視してゐる――これは不幸である。その感情には興味をもてるが、書振りには好意がもてない。東京で〈支那の夜〉なる流行歌に聞き惚れて……云云、に至ると些か恐縮せざるを得ない。

「流れ」（河野慶彦）題がピッタリしない。作者に好感はもてるが軽い作である。

「龍舌蘭と月他一篇」（龍瑛宗）二つとも極く短い小品である。が、ささやかな詩情と諧謔がある、愛すべき小品である。

「山の火」（新垣宏一）渡台し、数人の本島人を使役し採籐業をしてゐる男の、山小屋が焼けるまでの話である。渡台して病がちの妻、やがて学校にあがる一人息子の教育、やがては大会社の直営になる仕事への不安等、が終末の火事に破綻なく導かれてゐる。まとまった作品である。

「林からの手紙」（葉石濤）きれいな微笑ましい作品である。が、これでは手すさびの域を脱しない。

「家のない家主」（川合三良）滑稽味がある。店子の息子に家賃を請求する父親の家主、その家族が割によく出てゐる。が、掛合漫才の嫌ひがないでもない。

「辛巳」

長篇二つで短篇は、「転身」（重光誠一）一つである。貧しい家庭に対する反抗が、相当露骨に、あるひは醜く描かれてゐる。が、高等小学校時代の友だちであつた娘に対する主人公の感情、態度とか、甘いと云ふより愚である。一言すると、不快な作品である。

「京都文學」

軽く、幼稚な作品が多い。而も一本足りない感がするのは残念である。この誌のひとたちは梶井基次郎を云云してゐるらしい。が一片の小品にも現はれてゐる梶井の調子の高さ、がどこに由来するかを、考へることを忘れてゐるやうである。

「湖のうた」（茨木耐夫）冗漫にすぎ、そのためこの〈うた〉の調子が低められてゐる。一人の美少年と主人公に托した心象風景である。が、無理にそんな風景を追つたと見えるところが、ないでもない。

「ぬかるみ」（小谷比呂無）低調である。人物がハッキリせず結末も呆気ない。

「吉日」（仁保栄作）軽い小品であるが、ちよつと針をもつてゐる。

「銘記」（瀬戸九衛）祖父の死を扱つた作品。好意はもてるが、ものたりない。

「追憶」（粕原祐芳）素直な綴方である。

「山居抄」（鵜川新）山間の療養所に入つた〈僕〉の記録である。療養所に入るとは思へぬのどかな〈僕〉である。軽い作。

「ふるい雑誌」（小野実）夜、紅灯の町に面をそむける道徳堅固に見える主人公が、翌朝はわざわざその町の家附近を徘徊し女に話しかけ、愚劣な会話を愉しんでゐる。味噌汁で顔を洗ふべし。

「病雁」（平松真基雄）とりとめなし。哲学とか観念とか云ふ言辞で飾られてゐるが、文学を考へて頂きたい。

「彼岸花」（北野叢）この誌のなかで一番大人びてゐる。心象風景が漫然と連ねられてゐる。が、焦点のないものをこれまで冗漫に書く要は毛頭ない。

「昭和文學」

「老女の秋」（志野徹）文章が乱雑であり冗漫である。老女も孫娘も助役さんも陳腐である。

「この子」（萩原安治郎）母子間の感情が、誇張されて書かれてゐる。子に対する母の感情がときをり奇矯にまで見える。低調である。

「雪の日」（岩田耕一）ある一座の女を追ふ男と、作者との経緯である。ここに現はれた作者の戯画は少しく軽薄である。挿入されたノオトも故意とらしい。

「常識」（今井潤）三度の書記試験に失敗した万年書記補の話である。落付いた筆致で一応まとめられ、主人公にも幾分の哀感と同情を感じ得る。が二度の経験のある主人公が三度目までも法規解説読本に獅噛みついてゐるのは些か気の毒である。

「同胞」（安藤静雄）とりとめなく他愛ない。

「顔」（諸星活）この太宰調は心外である。

「うみなり」（田口栄子）未亡人とその弟と児のゐる家に下宿してゐる職業婦人のことである。未亡人と弟も一応に、主人公の木田まさは、かなりよく書けてゐる。うみなり、のきかれる故郷の追想を適宜に挿入ししつかりした短篇である。尤も最後の十行ほどが幾分安易である。

「裾野」（鎌原正巳）少年戦車兵学校見学記事をかくため、富士町に母と行く、母はそこにかつて亡夫が療養がてら泊つてゐた。と云ふことのためについて行く話である。巧まず、真摯な態度で書かれてある。そしておのづから地味な、よさ、を示してゐる。

文芸時評（一九四五年二月）

久し振りに何冊かの雑誌に目を通し、作品の多くが現実に、真向きに立つてゐる感がして力強く思つた。が、戦争してゐる現在は既定の事実である。にも拘らず、作品のあるものは、既定の事実、を尤もらしく提出して現在文学の立場は是にて足れり、亦は、戦争だぞ、と大声を発してゐる感がせぬでもない。作家が現実面にのみ心を奪はれ、その表向の推移、にばかり作品の題材を求めるとそんな結果になるらしい。現実を敢然と受け入れ、それを消化し、それに芸術的昇華を与へねばなるまい。さうでなければ、単なる挿話的の面白さしか感ぜられまい。論を俟たず、作品はいろいろの意味に於て、ひとを感動せしめるものであらねばならない。

「向日葵の種」（橋本英吉）「**文藝春秋**」十一月号は、庶民の生活を描いた面白い作品である。最後まで正体の知れぬ梅鉢なる男をめぐつての、岩崎先生、儀一の罪のない葛藤が面白く書いてある。そして橋本氏は殊更に戦時下と云ふ気持を感じさせぬ程度に現実を消化してゐるやうに思はれる。――が、遠州者の梅鉢なる男の正体が判明するまでの、ひとつの戯画にすぎぬ気がしないでもない。面白さ、のみ――とはいひ切れないが――を意図したと思はれる節がある。無論面白い作品が悪いと云ふのではない、少少微温的なのが物足りないのである。

「**新潮**」十一月号には、「草原の感情」（竹内正一）と「丘の上」（北條誠）がある。草原の感情は、呼倫貝爾《フルンボイル》と釈ばれる草原地帯の炭鉱を訪れた男のことが、落付いた筆致で書いてある。感情は素直に受けとれる。謂はば茫然たる哀感が漾《ただよ》つてゐるやうに感ぜられる。亦、その哀感を尽きつめることは、難かしい問題であらう。が、印象が稀薄になつてゐることは否めない。

「丘の上」は巧みに纏つた短篇である。が、表現上の技巧に意を用ゐすぎる感がある。その技巧がこの作者にとつて決定的のものであるかどうか――私はさう考へない、何故なら後述する同作者の信濃と云ふ作品があるから。よく知らないが、偶然眼に入つた同氏の二三の最近の作品も考へると、丘の上、の如きは幾らかのマンネリズムを示してゐる。表面の華やかさに比し、底に潜むものに乏しいやうに考へられる。

「**新文學**」創刊号の、「足をやられた鶏」（倉光俊夫）も亦、巧妙な短篇といつてよい。戦地の一挿話を題材とし、よく消化し、作品としても形が整つてゐる。少少脱線するが、モオパスサンは秀れたボンボン作りだつたやうに思はれる。職人モオパスサンは、多くのボンボン、つまり短篇を作つた。がその裏面に冷酷な作者の眼が覗かれる。それは彼の実生活を知らずとも――血と肉が寝床の中で粥のやうにドロドロしてゐた――と云ふ如き一行を見ただけでも、作者が人生に対し人間に対し抱いてゐる感情が、瞥見出来る気がする。倉光氏のこの一篇のみで、私は同氏を云云するものではない。が、尠くともこの作品は、裏面に何も感じさせない――と云ふより作者の理想が見られない点を、尠からず不満に思ふのである。

同誌の「高野線」（織田作之助）は、癌でなくなつた亡妻への追憶を、愛情をもつてかなり赤裸裸に記してある。赤裸裸――事実、表現された文字には相当激しい用法が見られる。にも拘らず、その赤裸裸の氏の心情吐露は、頗る抑圧された感情から滲み出たものである。これは、作家としての氏の長所であり、同時に作品を幾らか固くしすぎてゐる短所である。

が、亡妻への深い愛恋の情が偽らずに感ぜられるのは、親しみを覚えしめる。

尚、「ほろほろ鳥」（若杉慧）は陸軍特別幹部候補生を志願するまでに成長した子をもつ義母が、死んだ実母へその報告をする形式で書いてある。破綻らしいものもなく、一応書かれてゐるが調子が低いやうに思はれる。同氏は「**文藝首都**」九月号にも、六尺の土、と云ふ同様の文体を用ゐた作品をのせてゐる。が、大変残念乍ら、時間の都合で読了出来なかつたことを一言附加しておく。

同誌には他に、清浄、と云ふ安南の作家の「郷母」と云ふ作品がある。安南の庶民の一端が素朴単純に現はされてゐて微笑ましい短篇である。かかる企ては今後、事情の許す限り大いに為されることが望ましい。支那、フイリツピン等等の作家のものも翻訳されるといいと考へる。

「**九州文學**」十一月号、及び「**日本文學者**」十月号十一月号を読み、潑溂たる意慾——誇張でなしにさう感じられる——が漲つてゐるのを、頗る愉快に思つた。尤も、作品の可不可は問題外としてである。問題外として——しかし苛烈なる現実に在つて、力強い羽搏きを示さうとしてゐるのは、洵《まこと》に喜ばしい。

「**日本文學者**」十月号の「信濃」（北條誠）は、この作者としてある変貌を示す気配を見せる作品である。尤も作品としては主観と客観の調和の多少の難点を認める。同時に全体の構成上、不備の点がある。が、今後の同氏に何らかの期待をかけるに足る色彩に充ちてゐる。

「雁立」(清水基吉)は、卒直なる、若人の恋愛の自画像である。最初、類型を感じて読みつづけるのに骨が折れさうな気がした。が、読むに従ひその気持は流れ消えた。何故なら、作者は自ら粉飾を施すことなく、巧まざる真卒をもつて書いてゐる。巧妙な作品でも斬新な作品でもない。が、巧妙とか斬新を離れた——あるいは超えた、常に人を搏たずにはおかぬ真情がこの作品の価値を昂めてゐる。この作品は精神に於て、その真情に達してゐるのである。尚、私が類型といつたのは、例をとると武者小路氏の「世間知らず」の如きものである。

十一月号では、「ふるさとの詩」(水原三枝子)を先づよんだ。素直である。が、書出しから二頁程、亦、母、老女、とか少少夾雑物が多い。むしろ、ふるさとの詩だけを歌つた方がよかつた。形の上で小説に整へようと意識してゐる感がある。形のことは別にこの作品のみか、前の「雁立」の書出しの何十行かもまた、後の「寒菊抄」の書出しにしても、いはれるのである。そして、それらの前置めいた何行、何十行は、別になくとも差支へないもののやうに思はれる。夾雑物は切捨てねばなるまい。挿話的なもの、を作品に取入れる場合も、それが決定的な価値を持つ以外は無用である。私は最近、特にこの感を強くしてゐる。多分に時代の影響を受けてゐる故もあらう。が、出来るだけキリリと引締めるべきである。尤も、これは云はずもがな、のことかもしれない。

「歯芽の記」（清水精太郎）は、子への愛情を好ましく現はした作品である。この作者は、小市民の平凡な生活に徹した根強さを、もつてゐるらしい。発展も、珍奇もない、が、その根強さに関する限り、狂ひを見せぬ筆を運ぶやうに思はれる。

「寒菊抄」（中井正文）の書出しから一の終までは、あまりに通俗的である。少少、安易な少女小説のやうである。ところが、二、から典型的な知識人、と云はれる西河なる人物が主人公として現はれるので戸惑ひする。この階段の相違は、この作者の筆力の不足から来るやうに感じられる。

「**九州文學**」十一月号——予定の枚数に到達したので駈足で通る——「万葉集」（林逸馬）は山上憶良を捉へて書いた一応の力作であるが、多少生硬の気味がある。大いに現代に連関を示してゐるが、この憶良はあまりにも現代人でありすぎるやうな気がする。「渡舟場」（馬渡英吉）、「谷間の月」（松浦沢治）共に現在の社会の一端を捉へた作品である。が、前者はゴタゴタしてゐて、纏りがなく、後者は供出米に模範を垂れると云ふ主人公を捉へた、その題材のみに終つてゐるやうである。

「**早稲田文學**」九月号の「慰問船」（紅谷美津）は落付いたいい作品である。松花江を吹く風の音でもきくやうな余情がある。同時に、そこはかとなき旅愁も感ぜられる作品である。

文芸時評（一九四六年十二月）

高架線を走るのは電車である。それから降りた人間は、洋服をつけて靴をはいてゐる。鉄筋コンクリイトの建物に這入つて、固い床の上で、机に向かつて腰かける。窓から、近代建築が見え、並木通りが見える。ハイヒイルの女も歩いてゐる。仕事が終つてまた電車に乗つて家に帰る。と、そこでは靴をぬがねばならぬ。「おい、着物をくれ」とか云ひながら、和服をきて、畳に坐つて、ああ、と欠伸する。ところが妙なことに、その家の片隅には、上等ぢやないが机とか椅子がそなへつけられた「畳」のない一室がある。これを洋風の応接間と称する。そして家の外観を見ると、和洋相半ばして頗る妙である。

幸か不幸か、外国人のなかには、床の上に畳をしいて坐つたり、寝たりして我我を真似してくれる者がなかつた。二本のチヨツプステイツクを用ゐて茶碗から米の飯を食はうとするものがなかつた。いや、ないことはない。しかし、たいへん珍らしい。だから、昔チヤツプリンが天プラが好きだ、と云ふことを国際的な名誉でもあるかのやうに云ひふらしたものがあつた。また、著名な外国人が、覚束ない手つきで二本の棒を操るのを、ニコニコして写真にとつてのせた、新聞や雑誌もあつた。これに反し、日本人は、洋風の応接間をそなへ、なかにはベッドに寝る者もあり——病院もいい例である——ナイフやフオオクの使方を教へる本も出版され、いや、何よりもあたりをちよいと見まはせば事足りる。

我我のもつてゐるものは、殆んどこれ、イミテイションである。ところが、こんなことは珍らしくないから、日本の総理大臣が洋食を食つても、向うの連中は喜んで写真なぞとらない。我我の立場は殆んどが、受身である。一体、エキゾチシズム以外に、外国人をひきつけたものが日本にあつたか。世界国家と云つたものが云云され始めた世界には、エキゾチシズムはもはや過去のものにすぎない。再言する。我我のもつ多くはイミテイションであり、受身である、と。

「新潮」九月号の桑原武夫対中野好夫の対談は、この受身の悲哀を論じたものである。我我の社会は、生活は、半日本、半西洋の雑居する奇型である。日本ばかりぢやない。二十世紀東洋は、かかる奇型児にすぎない。かかる奇型のところに於てこそ、かかる対談がなされるのである。この現実を無視してはならない。どこかで見た正宗白鳥氏の言葉に、菊の香や奈良には古き仏達、と云つたお人の心情を偲ぶと同時に、古き思想を吹き払へ、冬来りなば春遠からじ……とうたつたシエリイの西風賦にもひかれる、とか云ふのがあつた。これは白鳥氏ばかりぢやなく、多くの日本の作家のもつものであらう。そのどつちに余計ひかれるか、と云ふのは別問題である。これはヨオロッパの作家たちが互ひに影響される、とは全く異つた複雑なものである。ところがこんな心境からはろくなものは生れぬから、古き仏達とか、佐渡に横たふ天の河は、すててしまへ、と対談は力説する。如何に生くべきか、とか、これは重大な問題であるから、ここで簡単に反対したり同意したりしない。が、こんな問題が提出されたり、論ぜられるのはいい。敗戦は、今迄の日本文学のもたなかつた深いものを作品の裏附として加へるだらう、と信じる。同時に、敗戦を契機として、かかる論議が行はれ、多くの夾雑物も混入し、却つて肥料として日本文学を成長せしめるだらう、と信じる。

が、この対談の終りの方で桑原氏が、「もしわれわれがあの小説に学ぶとしたらどんなにしたらいいのか、お前らは銘銘誠実になれといふこと、なるべく人とへんな妥協をせんやうにしてしかし不必要な喧嘩をせんやうにしてといふことでおしまひの気がしますな」と、志賀直哉氏の「和解」に就いて云つてゐる。これをよむと、少少妙になる。さしづめ、ベラミなぞは、美貌の者は、うまく立ちまはれば出世は容易だぞ、と云ふ教訓を我我に教へてくれる。また、しかし先を急がねばならぬ。

それから、「和解」をドイツ人に見せたらどこが傑作かてんで判らんと云つたさうである。それはさもありなんと思ふ。が、判らせるために日本文学が嗜好になり下る必要はない。判らせるために、現実を無視し超越することは愚かである。思ふに、サシミを前代の珍味と味ひ、米は副食物なりと思ひ、二本の箸つてむつかしいと覚り、日本人全部が鍵のついた厚い壁のある部屋に住み、キモノはエキゾチックだ、と感心したりする世の中になればそのドイツ人に判らぬ世界は消滅するだらう。

しかし一方、受身にばかり立たないで、出かけて行つたらどうだらう。始めから判らぬとか、いいものはないとか云つてゐないで、日本文学を莫迦にしがちな学者たちが各自専攻の外国語にどしどし訳して海外へ紹介する——と云ふのは生憎向うにそんな篤志家はまだ沢山は見当らぬらしいから——ぐらゐの助けを与へたらどうか。そして日本文学に対する彼らの頭を馴らしていくといいではないか。同時に、日本の作家の裡にも「百物語」の冒頭で本気か冗談か判らんが、鷗外が云つてゐるぐらゐの意気込みをもつた人がゐていいではないか。極端な云ひ方をするなら、タイプライタアで打ち出すぐらゐのところを考へる作家もゐて悪くないではないか。

横光利一氏の「旅愁」と云ふ、いつやむか判らん小説は、この受身の日本を、何とか支へよう、としてゐる作品である。これは、対西洋のセンスに貫かれてゐる。宗教、芸術……パンの味に至るまで然りである。第三篇前半が妙に素直に、それ以前、それ以後の気負つた調子が崩れて悪く云ふと俗に陥つてゐる。それは主人公矢代がフランスから帰つたところである。これなぞ、対西洋の他流試合に疲れ一息ついた日本作家の、浴衣がけの姿である。横光氏の如き作家にして、なほ作品の調子を同一に保つことは難いのであるか。が、これは和解より外国人に判るだらうか。貴族とか外国帰りの文化人とか、外国人に見せる場合は都合がいいかもしれぬ。

さて、「新潮」では、尾崎一雄氏の「こほろぎ」を面白いと思つた。小さな虫けらが、小さいなりに生活を主張してゐるのを見るのが嬉しい、と思ふ体力の――病気故に――衰へた作者の「生」に対する真摯な卒直な凝視がある。「しかし、私はもはや、自分の偉くないことを身をもつて知り抜いた、病弱な初老の男なのだ。」とか、「私の仲間は小さな弱い生きもの共だ。」と作者は云ふ。しかし、これらの一見弱者と見える言葉を吐く作者は、この作品上に凜とした姿を示してゐる。そして、作品の一種の美しさ、を現はしてゐる。

ところが「展望」九月号の「嬬恋ひ」上林暁氏は、妻の死、を扱つてゐるが、概して平板で面白くない。文学をやるのは自我主義者であらねばならぬと決心して、妻君の見舞も疎かにした作者は、そんな自分の弁護に、郷里の父が死んでも帰らなかつた蘆花とか、母の葬儀に列しなかつたセザンヌを考へる。そして妻の死に会ひから書いてゐる。「私は恰も鵜の真似をする鳥の喩へのやうに重大な錯誤を犯しつつあるとも知らずに……所詮、私は愚かであつたのだ」と。尾崎氏の弱音は却つて作品上に凜とした。が上林氏のこの言葉は却つて作品を弱めた。むしろこんな常識的な弱音を切捨てて行く方がいいやうに思へる。この作品を、作者は自分からどの程度離して書けばいいか、その見当がつかぬやうに見える。つまり作家であらうとするものと、夫であらうとするものが、よく整理されてゐない。

が、これら私小説は、おそらく日本文学がいかに変転しようともその独自の持味をもつて、生存しつづけて行くであらう。文学は公式ではない。理屈ではない。そして、私小説がいいとか悪いとか云ふのは問題ぢやない。

「**文藝**」六七月号に荒木巍《たかし》氏の「我鬼」と云ふ力作がある。多分百三十枚ぐらゐあるのだらう。時は応仁の頃、足利将軍の時代、細川、山名両家のひき起す応仁の乱を背景に、弟子の描いた師匠、彫刻師眼秀なる男の波瀾多き盛衰の物語である。ある人物を描く場合、そしてその人間が身近にない場合、作家はその人間の血を通はせ肉を附けるため、現実味を与へるため、多く努力する。その結果、却つてその人間は妙に印象の薄い存在となつて行く。この小説において然りである。性格とか表情とかの説明が重複し冗慢に亘り、矛盾した点さへ見うけられる。作者は人間の矛盾多才を承知の上で、放逸に書いたのか、それにしては現実味に乏しい。肝腎のところ、例へば師匠が椿と云ふ女と同棲する。その女の顔を見て笑ふ。がその女が自分の芸術に害を与へるものだと偲出すところをかう書く。――けれど師匠はふと眉をよせ口を右下りに曲げ深刻な顔で遠くをとんでゐる鳥を見てゐることがあります。しかし、鳥を見てゐるのでも……云云。力作でありながら、かう云ふところが安易なのである。

枚数がないから「**素直**」第一輯の「桜島」梅崎春生氏をひとつ考へる。これは数多い軍隊生活を描いた作品中の秀でたものである。終戦並びその以前の短い期間を捉へ来つて、ヴィヴィッドに描き出してゐる。多くの作者が、内面と外界の均合を顧慮しすぎ、常識の計算を行ふために芸術に高め得ぬものを、この作者は強い個性を自我を漲らせることにより、佳品を産み出した。その筆致には、一寸ヘミングウエイの「武器よさらば」の一節を偲ひ出させるものがある。が、ちよいと気になるのは、軍隊内で交される会話が、あまりに小説向きであり、つまりこの小説の進行に、効果に誂へむきすぎることである。しかしともかく——此処にゐる虫のやうな男達と一緒に捨てられた猫のやうに死んで行く、それはあまりにも惨めではないか、といつた文を交へて而も感銘を与へる作品にしてゐるのは、他に例を知らない。

文芸時評（一九四七年二月）

この作品評を書くために雑誌を読んで、戦争中のことを思ひ出してみると、どうやら緑一色の野菜畑から、花畑へ変つた気がしないこともない。色とりどりの花の眺めは、満更面白くないこともない。が、卒直にいつて、僕が、心から感動させられた作品と云ふのはひとつもない。尠くともそこには、モノマニアツクな世界から解放された眺めはある。が、それだけなら、戦争は終つた、と云ふことだけにすぎない。ともかく、早速花畑へ足を踏み入れる。

新しく誕生する雑誌のオマモリのやうに、荷風氏、白鳥氏が現はれる。「群像」創刊号にも、正宗白鳥氏の「田園風景」がのつてゐる。僕は白鳥氏の作家論をかつて愛読した。が、小説は──「田園風景」は、故郷についての思ひ出すままの記である。弟Aとの家督相続の問題が、主流、あるひは一種の伴奏をする。面白くもない故郷である、が、思ひ出す作者の心懐には、湿気にはおよそ乏しいが、一沫の詩情が感ぜられぬこともない。しかし、人生とは何ぞや、文学とは何ぞや？　そんなことは容易に判るもんぢやない。空の空なるかな、と云ふソロモンの溜息を最後の一線にひかへてゐる白鳥氏の、ヤレヤレといつた呟きが聞こえぬこともない。退屈な話、である。しかし、マッチの軸で歯でも掘ぢくりながら話したやうな感じのする「彼と我」といつた作品と比べるとまだ退屈ぢやない。

──和やかな天国の晩餐らしい光景としては思出されないで、地獄の一場景として思出に浮かぶのである。

吾家の夕飯時の形容に、天国と地獄を平然と使用する。これは白鳥氏らしい表現法の好一例である。

「魔術師」船山馨氏（同右）は、一夜、漁師町を訪れた落魄の老魔術師の、舞台上の死を描いた、小説らしい小説である。興行の夜の下卑た醜い観衆、それに対する哀れな老魔術師、それらを含めた漁師町の雰囲気、が、一人旅でかなり明確に、また一種奇怪な色彩を帯びて述べられてゐる。私、の夾雑物が多いやうな気もするが、それを取除くとすると、次第次第に積み重ねて行くやうな持味が失はれるやうにも思はれる。

「後院児」平田小六氏（同右）「三つの院子をもつた民家」の「一番奥の、地方でいふ後院児の一棟」には重症患者が這入つてゐる。臨時の野戦病院である。そこの患者数人に焦点をおき、その生活を描いた作品である。書出しの——部隊は雪崩のやうに、東方へ移動を開始してゐた。住民の逃げ出した民家・廓・学校なぞ、城内到るところに這入り込んでゐた夥しい数の兵隊は……から最後近く——その時向ひ合つた棟の電信隊のラヂオが音楽を奏してゐた。悲しい諦めのやうな、甘美な響が、さういふものを聞いたことのない彼らの耳に、子守歌のやうに聞えた。洋服屋（であつた兵隊）はすすり泣いてゐた。彼はもう臨終が近いのだ。……と来ると、これは「脂肪の塊」のコンストラクションを思ひ出させるであらう。が、脂肪の塊とは別に、これはしつかりした作品である。敗戦後一年有余、やうやく戦争を扱つた作品に、芸術に近いものが、あるいは芸術が現はれて来た、と云へぬこともない。尤も最後の三行は、作者の意図に反し、余韻を断ち切つたかの感がある。また、難点としては却つて類型的なことを云はれるかもしれない。と云ふのは、脂肪の塊、でなければチエホフの「谷間」を聯想させると云へぬこともない。

小説の評に、旨い、と云ふ言葉が用ゐられる。旨い、と云ふのはよろしい。旨い、と云はれるには一方ならぬ苦労がある。が、この旨いと云ふのは実は作者にとつて、有難い文句ではない筈である。この文句は狭い文壇にしか通用しないものである。それは形式上の努力の結果にすぎない。月月の雑誌をみて、旨い作品は尠くないかもしれない。が、問題は、旨い、下手、と云ふせせこましいものを突き抜けた先にある。それより先に、僕等に感じさせ、考へさせるもののあることが肝要である。大体に云へば、日本文学は世界文学の裡にあつて、一種のディレッタントにすぎないかもしれない。

から云つてからで、ちよいとをかしいが、後院児とか、魔術師、といつた作品は、好例と云ふわけではないが、僕等に人生を、人間を感じさせる作品、である。

シヤヴアンヌは、アルバムによくかう書いたさうである。――余の最もうまいと思ふチヨコレエトが最上のチヨコレエトなり。同誌にのつた、日夏耿之介氏の「輓近の荷風文学」なる評論には、この調子が出てゐる。またそれ故にこそ興味があり、情熱の感ぜられる卓れた評論である。

「**中央公論**」十月号の宮内寒彌氏の「向日葵」をよんだ。第一に感ぜられるものは、一種の才能である。夏季大学講座に出席する中年の「文筆志望者」。プログラムを約束通り実行しないものへの怒り、虚飾への反感、その他、いろいろ内容について、また内容の意図するものについて、いへることがある。が、それらは先づ、この才能の流れの廻か下に沈んでしまふ。最後の、主人公の狂気を示す追記も、頗る唐突に思はれ、読者に肩すかしを食はせる感じがする。だから、主人公が狂人になつたと云ふ事実、また狂人たらざるを得なかつたと云ふ必然性が、明確に浮かばないのである。ガルシンの「紅い花」は、激しく切実な人生になれてゐる。が、憾むらくは、宮内氏の「黄色の花」は才能だけのものに終つたやうである。

「新潮」十月号の「鶴の話」（中勘助氏）は、「世界」の「鶯とほととぎすの話」と同じ作風である。丹頂鶴の頭の天辺は何故赤いのでありませうか？ それはかう云ふわけなのであります。と云ふ童話である。敗戦、混乱の現在に、古い日本の美を求めようとしてゐる、あるいはそれを示さうとしてゐる、と云へば云へぬことはない。が、あまりにももろく、果敢ないものに思はれる。

ところがこれに反して、同誌の石川淳氏の「焼跡のイエス」は現在日本の醜を白日の下に描いたものである。もし、理屈好きの人間なら、この二つの小説の並んでゐるのを見て、一理屈こねることも可能である。舞台は闇市、——むろんおそろしく汚い。イエスとは何か？ シラミ、ウミ、ボロに装飾された浮浪児である。「私」は闇屋の女の肉体に欲情を感じたり、そのイエスと格闘して真実キリストなりと悟つたあげく財布をすられたりする。夢と現実の交錯した一種の白昼夢の世界である。が、醜を描いて醜を感じさせないのは、むろん作者の手腕の故である。同時にそこに描かれた現実が、人士の現実、粧へる現実の美を示してゐるからである。そしてそれらの基調をなすものは、石川淳なる作家の独自の風格である。だから、この作品は読者に感動を与へるか与へないか、よりも先に、愛するか愛さざるか、好むか好まざるか？　の質問を提出するであらう。が、ともかくこの作品は毒草が昆虫をひきよせるに似た、一種の芳香をもつてゐる。

「早稲田文学」では野村尚吾氏の「郷土」と沖塩徹也氏の「白鷺城」をよんだ。前者は「雪焼」「流水」の二部より成る作品である。憎しみのかつた郷土に対する感情が転じてあてどなくさすらひ流れ行く氷塊に似た心境が示される。現代の若い世代の心情を大仰な身振りもなく、地味な筆致で真面目に追求してゐて、同じ郷土を扱つた白鳥氏の作品と対照させるならば、時代の相違とか云つた点で興味が覚えられる。切切たる哀感にみちた作品である。

後者は、復員した若者が町で昔の恋愛の対象なる卅五歳の女性にあつての会話が、主体になつてゐる。作者は意識的に会話を作つたのであらうが、会話の与へるエフエクトよりも、作ることとそれ自体にかけた重量が大きいやうに思はれる。だから、効果は、バランスを失つてはね上つてしまつた感がある。むしろ、女に会ふ前の、戦場における大地との問答、睨み合ひ、の方に切実なものがある。一体に概念的であり、それがいけないのぢやないが、それ故に最後の女の「肉感的な唇」とか「黒い瞳」とかの形容や、夕陽を浴びた白鷺城、とかが遊離してしまつてゐる。

紙数がないので、簡単にふれる。「**人間**」の「父島」（川崎長太郎氏）は、赤裸裸に、父島に於ける生活を描いて、而もさり気なくすまし込んでゐる点に、この作者特有の持味がでてゐて興味をもつてよむことが出来た。「**展望**」十月号の「かういふ女」（平林たい子氏）は百枚の力作である。夫が思想犯として追ひまはされる妻について書いてある。むろんいまだから発表出来る作品であるが、これは必ずしも素材のみに終らず夫妻の生活感情等、人間的息吹のかかつた点で凡作ではない。「**新人**」十月号の「女商」（丹羽文雄氏）は、終戦後、闇をやつたりして、自分の焼けた店を再興しようとする女商人を書いたものである。K駅、改札口、そこを通り抜ける女、とバルザック式の書出しである。作品自体もかなり太い線で描かれてあり、線の細い日本文学にはむしろ珍らしいものである。が、生憎なことに、あまり感銘は受けなかつた。その他、坂口安吾氏の「**太平**」の「魔の退屈」、「**潮流**」の伊藤整氏の「鳴海講師の憂鬱」等よんだが、枚数つきた故、ふれない。

同人雑誌評（一九五一年十一月）

早速、読んだ感想をのべる。

「九州文學」三号

柿添元の「幼年時代」は、題名でも判る通り「私」の少年時代の追憶の記録である。その追憶は「みよ」なる遊び友達の小さな女の子を中心として描かれる。みよを中心に描きながら、「私」のこはい父とか、ロマンチックな母とか祖母とか叔母とが廻り燈籠のやうにとび出してくる。最後の「みよ」が遠い長崎の男の子といひなづけになつて行つてしまふ。そこで「私」が山に上つて長崎の方を見ると遠くコバルト色の山山が霞んでゐた……と云ふことになる。

僕らは過去に幾つかの秀れた「幼年時代」を持つてゐる。かう云ふ作品は多く類型に陥入り易い。また作者にとつては美しくなつかしいかもしれぬ童話の日も、第三者には他愛もない感傷と映ることが多い。しかし柿添元の「幼年時代」は美しい作品になつてゐる。うす汚い作品ばかり眼につくこのごろ、詩のある作品を読むことは愉しいことである。眼先のことに捉はれたいやにひねくつた作品より、このやうな作品の方が、どのくらゐ新しい文学の豊かな土壌を培つてゐるか知れたものではない。最後に一つ、作者は些か技巧を凝らしたらしいが、僕はむしろ、もつと淡淡と書き流した方が良かつたと思ふ。それともう一つ、成長した大人の「私」の夢が少し強すぎた気がせぬでもない。

岩井護の「失明」。戦場で失明した「私」は妹と二人暮しである。その妹と一緒にある日停車場に行く。東京にいつていちかばちかの手術を受けようと云ふのである。汽車が出るまで四十分ある。この作品はその四十分間の駅近くの散歩、休息——ついでに心理的散歩、を描いたものである。失明、と云ふ問題は容易ならぬ問題である。それが、読者に強くひびいて来ないのは、この作品の致命的な欠陥であらう。僕は別に大仰なことを求めてゐるのぢやない。チエホフ先生なんぞは、さらり流して深い奥行をもたせる。僕の云ふのは奥行の問題である。だから最後の数行も、効いてゐないで、小説用にこしらへた感が強い。

山本陽一の「密航者」は、朝鮮から密航して来た「俺」なる男が監房内にあつての、過去の追憶である。その過去は中学時代から始まるが、被征服者の苦悩の連鎖である。例へば——しかし、僕はそれよりもこの作者に、この作品はこんな形で書かれるべきぢやないと云ひたいのである。「小説」と云ふ一つの型のなかにはめこむために、ある過去の一時期が手際よく按分され配置され、最後は再び監房に戻つてくる。これはいけない。これはもつと重要な問題である。作者はこの問題をもつと慎重に考へて書いた方が良かつたらう。「小説」を作るために書くのではなく「文学」たらしめるために書いて欲しかつた。被征服者の魂の記録をとどめることを考へて欲しかつた。何故なら、この題材はこのままの形でおくには惜しいから。石橋沙絵子の「夜の風」。二人の男がある晩会つて、アパアトの一室で一方が何故結婚しないかの身上話をする。何故しないか？　戦争中人妻と通じた。その夫が戦争から帰つて来て夫婦は何でもなく暮してゐる。話し手の男はもつともつと苦しまねばならないと云ふ。から云ふ作品に有がちの厭味がないところはよろしいが、却つて弱く頼りなくなつてゐる。

「小説」第二輯

中根宏の「恋愛術」。「私」なる高等学校生がある中流家庭に下宿すると、その家の奥さんを陥落させようと心がける。手を握るべきだと考へたり、やがて接吻すべきだと心に決めたりする。これに附随して、その奥さんの娘がヒステリイを起したり、同宿人に白眼視されたりする。奥さんの亭主は洵に幸ひなことに大阪にゐて、あつてなきが如き存在である。ところで、僕はこの小説を読み出してすぐに、この作者の先生は他ならぬスタンダアルだと気がついた。出てくるものは和製ジュリアン・ソレルに和製レナアル夫人である。しかし、この作者自身のもの、つまり作品のもつ必然性がない。あるものはスタンダアルらしいものである。これぢや困る。貧困な内容をスタンダアル的表現で飾らうとしても、それは無駄なことである。野暮な小説の多い国だから、寄らば大樹の蔭、スタンダアル如き大先生の門下となるのは洵に結構なことである。しかし、夫人に暫く別れた方がいいと云はれると遺書を書いて、古めかしくも華厳の滝に——しかし飛びこまずに警察に保護され、帰つてくると夫人とよく意味の通じない会話をして接吻したりするのは、どうもスタンダアルらしくない。そしてスタンダアルらしくないところは意味がよく判らないと云ふのは困る。

大川内令子の「姫ばらの午后」。ある医院に勤めた貧しい娘が自殺するまでのことを書いて、それに医院の主たる医学博士、その妻、有閑夫人、助手、看護婦等等をからませる。娘がひそかに恋情を抱く博士は、芸術家肌の医者で天才肌の男ださうだが、作品ではちつともさう思はれぬ。この作品にせよ、前の「恋愛術」にせよ、一応のまとまりはあり出来上つてはゐるのだが、読者の心をうつものがない。僕らは、見たところ見事に飾りつけられた応接間なのだが、坐つてみるとちつとも居心地がよくない、と云ふ経験を往往もつことがある。この作品にもそんなところがある。娘の感情にも作の計算が感じられて、偽りだと思ふ方が強い。

夏堀正元の「ジヤンヌと共に」の最初の方を御紹介する。「それは突然発生した。背後から、待ち構える暇もなく、それは一気に跳梁して襲いかかつた。意識の錯乱と麻痺とを伴い、急速に死に至らしめる脳炎は、いかなる科学的探索をも拒絶し……（中略）……ただ確固とした怖ろしい目的だけを冷酷に主張して、それはジヤンヌの周りをぐるぐる廻つている。」

このジヤンヌは何者か？　一匹の犬である。だからジヤンヌが狂犬病にとりつかれたのかと思つて読んでゐたら、この犬は鎖でつながれるを快く思はず、自由を求めて病気の真似ごとをやつたらしい。ハンガアストライクまでやつたのである。ついに飼主はジヤンヌを解放する。読み了つて、一体何のためにこの作者はこのやうな努力をするのか、僕は疑問に思はぬわけにはいかなかつた。

「隊商」四号

羽田野和生の「再会」は、力をこめて書かれてあるが、惜しむらくは低調である。第一の原因は、人物が鮮やかに浮かばぬことである。殊に娘の性格が明確に出てゐない。音楽家志望の一人の男が旧友にあひ、過去の苦汁をなめさせられたその友人に再び苦しめられることが書いてある。娘が友人に強姦された翌日、男が娘からその事実をきくあたり、また娘の母親と話す辺り、更にその当の友人にあつて却つて許すと云ふ辺り、肝腎のところも盛上つて来るものに乏しい。だから娘の母親が、禍を転じて福となすとか四月の新婚旅行に出かけようと云ふと、どうも納得出来ないものを覚える。況《ま》して男が友人のところにいつて許す――と云ふより相手を慰め励まさうとするあたりを読むと益益合点が行かぬ。

吉村守の「ぬめぬめ談義」。ある半農半漁の村。戦時中財閥が農地を買ひ上げ――と云ふよりは半強制的にとりあげ――たのを、戦後村人たちが取り戻さうと互ひに術策をめぐらす。「僕」なる人物が、村民側の有力者の家に奇遇してゐての見聞記である。部分的にはたいへん面白いところもある。例へば村人たちが、財閥の変身たる会社にやつてくるアメリカさんに直訴しようと待ちかまへるが、見事に逃げられるごとき。しかし、全体的に少少むりがある。これは「僕」の限界と「僕」の届かぬ世界とのギャップから来る無理らしい。ところでこの題材はたいへん興味あるものだから、作者が正面から取組んだ方がよかつたと思ふ。殊に、最後の数行を、静かな悠悠な蒼穹にもつていつたのに不満である。花袋の「再び草の中に」は、人間の果敢なさを自然の背景の前に描き出すが、これぢや、この作者も幾分それに似て来てしまふ。花袋のは花袋のでよろしいが、この題材はもつと別なものである。もつと生臭くていいいし、またさうあるべきだらう。

「新表現」九月号

この雑誌では鈴木重雄の「疑惑」一作とりあげる。時間にも枚数にも余裕がないので止むを得ない。絵を描いて行かうとするふがひない男が、田舎の狡猾な親戚のために、田舎にある財産を横領されてしまふ。この男は至極無気力でだらしがない善人であるが、そのだらしないところがよく描かれてゐる。これに配する細君は仲仲勝気なポンポンものを云ふ女であるが、この細君の性格が洵によく出てゐる。どうといつて別に取り立てるところはないが、地味で落ついた作品といつてよい。

同人雑誌評（一九五二年四月）

八木〔義徳〕さんに替つて、僕がやることになりました。しかし、何冊かの雑誌を読んで、前三回の八木さんの言葉に、附加すべき特別のものを僕は持ちません。おそらく、今月は低調なのでありませう。僕の感じたのは「らしいもの」ばかりであります。曰く、「新しさらしいもの」、「冒険らしいもの」、「深刻らしいもの」……そして、その「らしいもの」なるヴエエルを剝ぐと余りにも素朴な面が出てくるので閉口しないわけには行きません。ひとつぐらゐ不敵の面魂を持つてゐても差支へない――いや、持つてゐなくちやならぬ筈だと思ふのですが、生憎、お眼にかからなかつた。この些か歪んだ、尋常ならざる現実を截りとるのに、僕の見た範囲の作者たちは何れも、仔羊のやうに温和しく素朴なのであります。早速、感想をのべることにします。

「**驢馬**」第二号――「冬山の記」(永見喬介)は、主人公が友人と二人、死ぬために冬山に入つて行くが、結局、主人公一人生きて帰つてくる、と云ふのであります。しかし、読者には主人公が死ぬことが判つてゐるから、一種の冒険談を読んだ感じを受ける。もつと作者がこの素材に沈潜して、深く掘り下げるところがあつたら、と惜しまれます。それと、この主人公は、何らかの意味での慚愧の精神に裏づけされねばならぬのに、その点、些か暢気すぎるやうに思はれます。「関係」(川端柳太郎)は、簡素な筆致を買ひますが、手記の辺りがすつきりしないため、好短篇になり損ねたと云ふところ。

「**北国文化**」二・三月号――「社宅」(西方正英)は、社宅内に住む気の弱い男の一家がいろいろ近所の連中に悩まされる話ですが、説明が描写とならずに、説明のままで終つてゐる点が多いために、人間が明確に浮かび上らず類型となつてゐる点が不満であります。また、書出しと結末との聯関も手際よくいつてゐるとは申せません。「けものの宿」(中村喜久男)は、始めから、塚原広吉と腰川栄久なる二人の男に焦点をおいて書くべきであります。前半は切り捨てた方がよろしい。面白い素材を無駄にしたやうに思はれます。それに、この主人公は悪魔だと云ふが、たいへんな善人である。この点を強くついたら却つて面白かつたかもしれません。

「肖像」第三号――「剪春羅」(服部周一)は過不足なく、滑らかに出来上つた作品でありますぃ。好ましい――といつても差支へないかもしれない。しかし、何か一本足りません。だから、エピソオドがエピソオドのままで終つてゐるやうに思はれます。

「第三次」三号――「首の座」(熊田三夫)は思ひ出を書いてゐる故もあつて、落ちついて読める作品であります。ただ、太宰治の「思ひ出」がちらちら顔を出すのが、ちよつと気になる。しかし、これは咎めるに及ばないでせう。むしろ、好ましい作品だといつた方がよい。但し、それは前半についてであります。後半に至ると、作者は「卑しい心」に興味をもちすぎて品下る感じを覚えさせ、好ましからざることになるのが惜しまれます。「卑しい心」も適度に扱ふ方がよいと思ひます。しかし、この作品に関する限り、この作者は確かです。僕はむしろ、「思ひ出」から次に出てくる作者に興味をもたうと思ひます。「四角な影」（久羅のりお）は、焦点がぼけてゐるのが欠陥です。崩した形式、と云ふものは強い個性に裏づけられるか、特殊な気分を漂はせるのに成功するか、してゐなければ失敗に終るものでありま す。而もその際に崩れてゐるが故に、却つて構成に繊細な神経が行き届いてゐなければならない。もうひとつ、この作者に僕は人間を描くことにもつと注意して欲しいと思ひます。

「姫路文学」三五号――「表札」（宝谷叡）はある町で二人の男が表札の大きさを争ひ始めたことから、やがて町全体が表札の大小を争ふに至る、と云ふやうな小説であります。しかし、これだけの大事件のもととなるには表札はどうもぴつたりしない。つまり、諷刺の鍵は定着せず、徒らに空転したやうに思はれます。そして、笑声のみが徒らに高く通りすぎて行く。それに、表札事件にいろいろ工夫をこらした作者にしては、この結末はどうも智慧がなさすぎるやうに思へます。しかし諷刺小説は珍らしい。次作を待たうと思ひます。

「江古田文学」三月号――「墓地のある街」（三上雅彦）は、整理がきいてをらないために、印象がうすれる。もつと筆を緻密に働かせて対象に執拗に喰ひ下つていつたら、おそらく厚みのある異色ある作品になつたかと思はれますが、このままでは、表現が素材についていかない感じがして惜しまれます。「声は消えず」（佐藤卓）は、戦争中に非戦闘員の中国人の女を殺した過去に苦しむ男を捉へてゐて、うまくまとめ上げてゐるといつてもよいでせう。しかしまとめ上げるために、問題の追求、と云ふ方は根が浅くなつてゐるのは否まれません。

「**稲門文学**」第三号――「アルバイト」（菊池彷徉）。この作者は本来、短篇ものをつくることにかなり巧みなやうであります。しかし、これを読むと、どうしても「冷笑」ころの永井荷風先生の匂ひがするのが気になります。また、書出しと結末もあまりにも使ひ古された手法である。新しい酒は新しい皮袋に盛ることを考へて欲しいと思ひます。「腐敗」（三上結介）は、作中人物たちの肉体を読者に感じさせない点が失敗と申せませう。先づ、人間を描くことに留意して欲しいものであります。

同人雑誌評（一九五二年五月）

「**文学生活**」第七号――「通り魔」（田辺茂一）は、通り魔のごとき女に見事一杯喰はされたと云ふ短篇である。まことに理屈も何もあつたものではない。洒洒然としてお惚気をきかせるのである。而るに、これが軽妙にして面白いのであります。「風塵に消えた大八車」（国井長次郎）は主人公がポリスであつて、職務上知りあつたある一家の生活を何気ない調子で書き流してあります。しかし、この作品の底を流れる作者の善意はまことに美しく社会悪に対する誇張せざる怒りも読者の心に自然に流れ込むものであります。「同じ鐘の音」（正木啓二）。この作者は古い人である。女たちを追ふ男の飄飄たる心情を、地味な筆致で描き出した落ちついた作品と申してよく昔なつかしいのであります。

「九州文学」第五号——「首」（岩井護）は、関ケ原に死んだ大谷吉隆の首をめぐつての話であつて、素材は面白いものである。ところが誇張された表現が徒らに素材の面を滑つてしまつた感じがします。アクセサリイに気を用ゐすぎた。もつと簡潔な筆致で、引しめて書いたらと惜しまれます。

「羞恥」第五号——「便壺の中の一夜」（菅原紳也）。もし人あつて、君の読んだ最も汚い小説は何か？　と訊かれたら僕は躊躇することなくこの作品の名を挙げる。題も汚いが、内容も汚い。東京に進駐した共産革命軍に反抗したために、便所に監禁された男の話であります。ところが、汚いくせにこの作品には妙にユウモラスなところがある。大体作品の着想からしてヘンテコなところがある。茲に僕は興味をもつのであります。但し、この作者は大いに技巧を勉強する必要がある。第六号——「断崖」（森千人）は、ある男の内的独白である。何故書くか、何故生きるかと云ふ根本問題が生のまま提出される。元来、から云ふ問題は骨子であつて、作品はその肉づけでありラます。この作品も観念の質疑応答に終つて、成功してゐない。しかし、一度はここまでつきつめて書かねばならぬ作者の、ひたむきな一徹の精神は自ら感得されるのである。

「文学街」第三号――「結核菌」（古賀敬記）は、官庁に勤める結核患者が、結核なるが故に周囲から蒙るまざまざの生活感情を記録した形の一〇四枚の小説であります。気の弱い主人公やそれをとり巻く人間共も、地味ながらかなり鮮かに描き出してある。しかし、追求が足りないので、いかにも底が浅くなつてゐる。つまり主人公が周囲に感ずる気兼ねが、別の意味でこの小説そのものの表情にもあるやうに思へるのであります。追求が足りないと云へば、同誌の「白い墓」（大場龍作）についても云へることである。これはビルマの捕虜収容所内の兵隊たちの姿を描き、倫理問題を持出してゐるのであるが、作者の鑿が対象を深くえぐつてゐないために、安易なものとなつてしまつてゐるのであります。

「浪漫文学」第五号――「冬の海」（辻史郎）。何人かの恋人をつくる新聞記者の父親がゐて母親との争ひが絶えない。その子供の「私」なる作家志望の青年が、父と母、また父と交渉のある女たちとの関係を半ば追憶風に描いたものである。一八〇枚の長さを別に飽きさせもせず読ませるのは、むろん、作者の筆の致すところと申してよい。素材もなかなか面白いものです。しかし、文句をつけると昇華が足りない。盛り上りの乏しいのが惜しい。殊に最後のところで、急に力が抜けてゐるのはまことに惜しい。劇場にこの小説の登場人物を残らず集めるのも些か不自然だし、主人公の心は「冬の海」のやうだと極めつけようとするのだが、これもどうも素直に頷けぬものを感ずるのであります。「肉親」（龍野芳夫）は、小説をつくると云ふことに性急のあまり、作品にひびが入つてゐる。もつと何気なく書いたらいいと思ひます。

「**創作季刊**」第三号——「月のある風景」(寺地喜代造)。今月は善意にみちた作品を幾つか見ました。これもその一つである。一人の男がゐて前半は妻を病気で失ふことを、後半は胸を病んでやがて近いうちに死ぬ筈の弟とのことを書いてゐる。その全てを貫いて、善意と愛情に溢れてゐる好感のもてる作品である。ところが気になるのは、この主人公が何をしてゐる人間か判らぬことです。よく、こなれてゐるやうで、これに類した隙間がところどころにあるのが惜しい。また、最後に、弟の女と、その生れる子を引取らうと決心するのであるが、これは唐突であります。甘すぎる。却つて、この主人公の善意と愛情の裏面を読者に考へさせるやうなことになる。

「**文学室**」三月号——「つくつく法師」(芳野優)は、内田百閒先生の影響の強い作品である。ところが、百閒先生ごとき独自の風格に裏づけされてをらぬから、何が何だかよく判らない話を読まされた気になるのであります。

「**隊商**」第六輯——「海猫」(小松郁子)。きびきびとした筆致で、海猫のゐる島の女学校に赴任した私なる主人公が、二年後に島を去るまでのことを書いてゐる。それも、生活の幾つかの頂点のみを拾つて描いてゐるのであるが、それが、非常に鮮やかな印象を与へるのであります。爽やかな詩情が吹き抜ける好短篇と申してよい。殊に女生徒の手紙と、その後あたりの筆の冴えてゐるであります。

同人雑誌評（一九五二年六・七月）

「**黄金部落**」第六号――「積乱雲」（石山滋夫）。戦時中動員され、工場に働く中学生の生態がその引率者なる若い教師の眼を通して描かれてゐる。力作感に溢れた百七十枚の作品であります。しかし、この若い教師の、生徒の姉に対する感情がどうも明確に読者に伝はらない。些か作者が独合点のやうに思へるところなきにしもあらずだし、また当時の愚劣なる形式主義に対する追求にも物足らぬところがある。成程、教師はちよいちよい反省するがそれはどうも御粗末である。それがうまく行つてゐると、最後のダイナミツクな「やま」がもつと盛上つたらう、と惜しまれるのであります。「駈け落ち」（三村伸一郎）は小味な短篇であるが、謂はば、茶の間の茶のみ話と申しても差支へないところに落ついてゐるのが物足りません。

「**赤絵**」春季号――「死体」（吉村昭）は、一人の貧しい男の死とその隣人夫婦のことを物語風に描いて可なり面白いものにしてゐます。しかし、この作者はこの物語を語るのに常に現実の五歩手前にゐるのが不満である。このやうなスタイルは、一つの典型、もしくは一つの象徴にまで昂まらぬ限り、多く今日では読者の共感を呼ぶに失敗すると見て差支へありますまい。「粉雪」（北原節子）は姉娘の明子の印象が鮮明でない点が、欠点であるが、気のきいた小奇麗な短篇になつてをります。しかし、このデリケイトな作品自体に掌にのせれば溶けはせぬかと思はれる弱さがある。

「街」創刊号――「静かな街の風景」（高名矯太郎）は、一人の乞食を中心に、ある街の風景を描いたものであるが、エピソオドの排列に終つてゐる点が失敗である。また、この作者は言葉遣ひに大いに神経を用ゐて欲しいと思ひます。

「甚三の死」（富島健夫）は、火葬場の隠亡《おんぼう》が主人公であつて、その男の死を取り扱つてゐる。作者の努力は判るが、作者はまだ自分の小説の「亡霊」に引きずられてゐるやうである。作品の印象が散漫なのは冗漫な誇張された文章の故であります。この二人の作者またこの雑誌の作者たちの今後に期待しようと思ふ。

「**大阪作家**」三月号――「火葬場にて」（小寺正三）。「街」の富島君の小説が隠亡を主人公としてゐて珍らしいと思つた。ところが、これもまた主人公が隠亡である。この主人公たる人間はかつては新聞記者もやつた地方の旧家出のインテリなる「私」と云ふ。それもすき好んでなのである。火葬場に来てから一人息子を失ひまた気のすすまぬささやかな女関係から細君にも逃げられる。それに加へて両親との葛藤なんぞを、ニヒリスティックな「私」を通して描いてゐるのであるが、それが的確な筆で要領よく現はされてをり、これが今月僕の読んだ裡で一番面白かつた。ただ最後の一頁は、作業衣に着替へるところで切捨てた方が読後の印象がもつと強かつたと思ひます。「うたかた」(岡勇)は、内容も手法も、単に在来のものの繰返しである。殊にこのやうな手法は陳腐であります。手法から内容が出て来た感がするのでは困る。

「**新早稲田派**」創刊号――「春に萌えるもの」(松田十起夫)は、材を平安朝にとつた時代ものであつて、最も新人らしい意慾と熱に溢れた作品である。登場人物の整理がきいてをらず技巧的に未熟な点はあります。また観念的になりすぎて浮いたところもある。しかし、僕はこの作者の冒険を買ふ。この作品に現はれた混乱は、成長の萌芽を秘めた混乱であると思ひたい。しかし、この作品の文章は何とも無茶苦茶なところがある。文法的に出鱈目のところもあります。作者の一考を願ふのである。「炉端」(森田良行)は、前半は順調に運んで行くが後半が落ちます。些か筆の運びが安易のやうである。もつと造形的な努力が欲しい。

「**流**」第四号――「薔薇」(馬場光衛)は野暮な小説の多い裡では、仲なか洒落れた風情の作品であります。ところが、この作者はこのスタイルを駆使するには非ずして、このスタイルに引つぱられてゐるやうに見える。これは危険である。そのためか、作中人物たちは血肉すら失つてゐるやうに思はれる。作者がこのスタイルを自家薬籠中のものとすれば、むろん、この作品のもつ欠点も自ら消滅する筈である。「雁音」（西村芳重）は、一人の少年を主人公として、一家の没落、母親の死を描いた極く短い作品であるが、素朴で素直な作風に好感がもてる。もう少し文章を引きしめると、一段と格調の高いものになつたらうと思ふ。

「白門文学」第六号――「従兄」（吉村泰）は、従兄の人となりを「私」が物語る形の作品であります。戦時中医学生であつて自由主義者的言動に及ぶ従兄と云ふ人間は、かなりよく描かれてをる。しかし、読み終つて首をひねる。何か欠けてゐるものがあります。つまり作者はこの人間像をポンと抛り出しただけである。「私」は従兄を読者に伝へるための単なる媒介にすぎぬ。だからこの作品が産れ出るための動機が稀薄であり、同時に作品の力も弱まつてゐるのであります。「雪道」（北方唯夫）は、樺太に父を残してゐる一家を書いてゐる。部分的にはかなり面白いところもあるが、短い割に全体として昂まるものに乏しいのが欠点であります。厭味のない作風だが、もう少し鋭く現実に切り込むことを望みたい。

「審判」第三号――「前々夜」（薬師寺章明）。この作者はかなり筆力があるやうである。これは戦時中のある特攻隊基地の幾人かの人間像を描き出したもので、その幾人かの性格もよく出てゐる。にも拘らず読者の印象が淡いのは、掻ゆいところへ手の届くやうな作者の筆が、実はあまりにもすべてを書きつくした、あるひは書きつくしたらしく、見えるからであります。

書評

尾崎一雄「ぼうふら横丁」

これは、この作者が前に発表した「もぐら横丁」や「なめくぢ横丁」につづく横丁もののひとつであつて「小説公園」に連載された「ぼうふら横丁」のほかに「山下一家」「運といふ言葉」の二つの短篇が収められてゐる。この二作も舞台は「ぼうふら横丁」にとつてある。上野公園の西側、上野桜木町十九番地と二十番地にはさまれた露路を「ぼうふら横丁」と云ふ。作者はこの二十番地側の一軒に「昭和十二年九月から、同じく十九年十月まで、まる七年ゐた」。尤も「ぼうふら横丁」と云つても、「なめくぢ横丁」「もぐら横丁」と同じく、「実は私だけがさう称んでゐるのである」と作者は断つてゐる。

「ぼうふら横丁」は五部に分れてゐて、最初は横丁の俯瞰図的説明にはじまり、第五部は「落穂拾ひふうに、憶ひうかぶままを記して」ゐる。別に決まつた筋はなく、まる七年の間に起つた出来事、交渉のあつた人たちの姿を明かるいユウモラスな筆致で描いてゐる。芥川賞を貰つたこと、子供の死、警官との喧嘩、火事を起しかけた話、親友山崎剛平のこと、彼のやつてゐた砂子屋書房、等等何れも作者の身近な生活から出てゐる。「エライ失敗を演じたことがあつた。子供を迷子にしてしまつたのである。そのことを書いて見よう。いや。その前に、それと逆な話を書かう。その方が調子が出さうだ」と云つた按配に話が進められるのである。

「山下一家」は横丁で親しくしてゐた山下一家との交渉に、作者の後輩佐伯大作の縁談をからませたもの。「運といふ言葉」は山下一家後日譚とでも云ふもので、空襲で一家全滅した山下家の、疎開児童であつたため唯一人生き残つた息子のことが書いてある。これらの作品を読んで感ずるのは、作者の人生に対する明かるい善意、苦難にも凹まぬ強靭な精神である。これが、この作者の作品を云はば「骨のある」ものにしてゐるのである。

この作者は、日常茶飯の何でもないことを書いて面白く読ませると云ふ、珍らしく独得の腕前を持つてゐることは既に定評があるが、これらの作品の場合にも例外ではない。山下一家が空襲で全滅したことに就て、作者は心がけの好い人がひどい目にあひ、狡い奴らがぬくぬくしてゐることを憤つたあとで、から云ふ。

「せめて私に出来ることは、あの人たちは実に好い人だつたといふこと、あの人たちの立派な美しい立居振舞の数々を、心にしつかり刻みつけ、これを温くやさしく、私たちが生きてゐる日の限り、心に抱きしめてゐてあげる——」

日常茶飯事を書いて面白く読ませると云ふことも、作者の人生に対するこのやうな温い人間的な態度から自づと生れ出て来た持味のためであらう。

小山清「小さな町」

「小さな町」は「落穂拾ひ」につぐこの作者の第二短篇集である。表題に選んだ「小さな町」ほか九篇の短篇が収録してある。作者の「あとがき」から引用する。

「戦時中、私は下谷の龍泉寺町で新聞配達をした。戦後、私は北海道の夕張炭坑で炭坑夫をした。この本には、その二つの土地に取材した作品を集めた。これらの作品は、云ふならば、その二つの土地に対する私の郷愁が生んだものである。また云ひかへれば、その二つの土地への私の贈物でもある」

これでわかるやうに収めるところの十篇、いづれも追憶の形をとつてゐて、五篇は新聞配達当時、五篇は炭坑時代に取材したものである。作者は二十七歳から三十二歳まで五年間、同じ土地で新聞配達をした。五年間もつづけるとお得意さんと親しくもなるし、同じ販売所に勤めてゐる人間ともいろいろ交渉ができる。「小さな町」はその配達の順路帳の頁をくりながら、作者の忘れえぬ人人を追憶したもので、「西郷さん」はその対象が主として子供に向けられてゐる。

最も古い作品「離合」が最も長く、これは新聞配達当時、ある古本屋の主人を介して知り合つたやはり小さな古本屋をやつてゐた一女性との完成しなかつたささやかな恋愛の記録であり、地味ながら力作感にあふれた佳作である。この題は作者の親しかつた故太宰治がつけたものだと云ふが「よきサマリア人」と云ふ短篇など見ると太宰治の影響が明らかに見られる。

新聞配達と云ひ炭坑夫と云ふが、そこにはなんら理屈はない。作者はただ、人間対人間のつつましやかな善意の世界への架橋を試みてゐる。だから、冒険とか新しい試みを期待する読者には物たりぬかもしれぬ。しかし、この混乱と汚濁の時代にある清冽な泉が湧いてゐることは大いに珍重すべきであり、ルイ・フイリツプを愛すべき作家と云ふならば、これは愛すべき短篇集と云へるだらう。吉田建男の装幀もよい。

庄野潤三「ザボンの花」

僕らの生活には、筋書があるわけのものではない。別にとりたてて劇的な要素を持ち込むこともなく、平凡な毎日を同じやうに反復して行くにすぎない。平凡な同じ毎日——しかし、それは僕らがしばしば忘れがちながら、実は一番身近な忘れてはならぬことと云つてよい。

ここに、大阪から東京に転勤して来た会社員矢牧の一家がある。子供が三人ゐる。長男の正三は小学校四年生、長女なつめは二年生、次男の四郎はまだ学校に行かない。庄野潤三は、この矢牧一家の春先から夏の終りにかけての生活を僕らに紹介してくれる。

彼らは、春はひばりの声の聞こえる東京近郊の野中の一軒家に住んでゐる。しかし、近くに村田さん一家があつて、彼らの善き隣人となつてゐる。その家にはユキ子さんと云ふなつめの遊び友だちもゐる。何しろ建てたばかりの家だから、庭に植木も欲しい。細君は植木市に見に行く。が、高いので手が出ない。電気屋や牛乳屋が勘定とりに来る。ときには、人相の悪いイカケ屋が現はれて、三十円と約束した鍋の修繕料に三百円もとる。細君の留守に矢牧が御飯を焦がすこともある。子供たちは適当に喧嘩もやる。えびがにを捕りに行つたり、ゴムだんで遊んだりする。夏休みに短い休暇をとつて、一家のものが大阪に行く。帰つて来ると、なつめの誕生日である。招待された村田さん一家がやつて来て、子供の歌声に合はせて大人も歌ひ出す。

これは善意の人びとのささやかながら美しい生活の讃歌と云つてよい。作者はこれを日本経済新聞に子供向きに書いたものであるが、大人が読んでもたいへん愉しい。いい作品とはさう云ふものである。

外村繁「筏」

「筏」は「文藝日本」に連載された外村氏の長篇小説である。外村氏は近江の豪商の一門の出であるが、この作品に描かれてゐるのはその近江商人に他ならない。氏は既に近江商人を取りあげて「草筏」なる世評高い作品を産み出したが、いま茲に「筏」を完成した。商人の世界をこれだけ執拗に追求した作品は他に類があるまい。

「筏」は天保年間の近江商人の典型を、藤村と云ふ一門の与右衛門、孝兵衛なる二人の兄弟に見出さうとする。与右衛門はひどく太つて、額も広く鼻筋が高く通つてゐて、頬も豊かに脹らんでゐる。豪腹で細心の人物である。孝兵衛はやはり額は広く鼻筋通り、しかし、その顔には深い陰翳が刻まれ、「ともすれば憂悶の影さへ漂ふかとも思はれ」るやうな人物であるが、芯はどうしてなかなか強い。この両者は、おそらく作者の理想とする商人かもしれぬ。両者に対する作者の愛情が明らかに感じられる。例へば、孝兵衛は最後に北の国の海で海に落ちて死に、その遺骨を前にして兄の与右衛門は孝兵衛の女だつたりうと通ずるのであるが、これなども、作者の両者への愛情を無視しては考へられぬ。

この両者は共に町人であることを誇りとし、時の権威を嘲笑し、利を求めて東奔西走し、遠く蝦夷にまで足を伸ばすほどの進取の気性に富む不屈の精神の持主であるが、これに加ふるに孝兵衛の妻とよ、孝兵衛の女りう、りうの兄新之助、水野忠邦、その他多数の人物を登場せしめて騒然たる世を背景にロマンの世界を鮮やかに展開してゐるのである。ロマンの世界と云ふ。しかし、僕がこの作品を読んで何よりもまづ感じたのは作者外村氏である。作者の情熱と気魄であると云はねばならぬ。

作者の後書によると、この作品の一部は「草筏」より早く発表されたことがあつたが、「当時の自分にはたうてい手に負へないことを知り、中止した」と云ふ。「以来二十数年、私の頭の中で、『筏』と云ふ胎児は徐々に生育して行くとともに、その母胎の栄養状態も、物心ともに、辛うじてこの出産に堪へ得るかとも思はれた」と云ふ。素材を二十数年育てつづけて来るとは容易なことではないと云はねばならぬ。

また「この作品の場合も、私は所謂『私小説』といはれる作品を書く時と少しも変らぬ態度で書くことが出来た。むしろこの作品を通じて、私は『私』の血肉の源を探りたいと願つた」と云ふ。見事なロマンの世界を展開しながら、僕に外村氏を先づ感じさせたものは、おそらくはこの永年に亘つて氏が持ちつづけた素材への情熱と氏自身血肉の源を探らうとする念願が渾然一体となつて結実したからにほかならぬのだらう。

かねてから僕は外村氏の女性を描く筆の粘り強く艶のあるのに感服してゐるが、この作品に於いても例外ではない。ただひとつ、僕の不審に思ふのは、氏が史実、もしくは史実に基く記録を殆どそのままの形で作品の随所に投げ込んでゐるやうに見えることである。氏はむろん考へがあつてのことだらうが、却つて鑑賞を妨げはせぬかと思はれるが、どんなものであらうか？

T・S・エリオット「古今評論集」

本書は英国の詩人であり劇作家であり批評家であるT・S・エリオットの Essays Ancient and Modern の翻訳である。エリオットはかつて、『ランスロット・アンドルウズのために』（一九二八年）と題するエッセイ集の序文で自ら「文学にあつては古典主義者、政治にあつては王党、宗教にあつてはアングロ・カソリック」と告白し、多大の反響を呼んだのは衆知のことであるが、本書はそのエッセイ集のうち幾つかを省略し、別に幾つかのエッセイを加へたものであつて、「ランスロット・アンドルーズ」「ジョン・ブラムホール」の他に「宗教と文学」「カソリシズムと国際秩序」「パスカルの瞑想録」等、十篇が収録してある。

何れも一九二〇年代の後半から三〇年代の前半にかけて書かれたものであつて、多少ともエリオットを読んだ人にはお馴染の文章も多からう。かつてエリオットは「キリスト教社会の理念」なる講演においてキリスト教社会に文化建設の理想像を見出してゐるが、本書においてもキリスト教に対する並並ならぬ関心が一つの特色をなしてゐる。「アービング・バビットのヒューマニズム」を攻撃するのも、ヒユウマニズムが宗教に代つて主導権を握らうとする点である。けだし、エリオットと宗教はわれわれに多くの示唆と同時に多くの疑問を覚えさせるだらう。

「われわれの時代のボードレール」ではA・シモンズのボオドレエル訳をとりあげ論じてゐるが、「イン・メモリアム」「パスカル」においても同様、エリオットの表現に対する鋭敏な神経が感じられて興味深い。なほ訳し難い文章が読み易い日本文になつてゐる点、訳者の苦心が窺はれると云つてよい。（大竹勝訳）

田岡典夫「ポケットに手を突っこんで」

「ポケットに手を突っこんで」は、まだこのあとに「私は異国の町を歩く」とつくのである。「あとがき」に著者は「旅をしてきた国の政治経済を論じ、風俗習慣を説き、文学芸術を語るほどの素養はない」「北海道や九州へ行くのと同じ気持で出かけ、それと同じような旅のしかたをして」来たと云つてゐるが、事実気楽に異国の旅を語つたものであつて、古くは二十数年前シベリア経由でパリに遊んだ話から、新しいのは極く最近中国に出かけた話に至るまで、その間アルゼンチン、メキシコ、ブラジル、スペイン、ポルトガル等の旅の追憶を織りまぜ、誠に軽妙洒脱の文章で読者を倦かせることがない。なほ巻頭の「本末終始なし」は著者の自己紹介の如きものであつて一読微笑を禁じ得ない。

飯沢匡「帽子と鉢巻」、梅崎春生「逆転息子」、獅子文六「ドイツの執念」

獅子文六氏の「ドイツの執念」、飯沢匡氏の「帽子と鉢巻」、梅崎春生氏の「逆転息子」と三つの小説を読んだ。このうち「帽子と鉢巻」と「逆転息子」はそれぞれ「東京新聞」と「週刊東京」に連載された長篇である。が、「ドイツの執念」は同名の短篇集に収められてゐる著作の「最新作であり、且つ最も多く筆を費した」作品である。奇妙な偶然であるが、この三つの作品の主人公は何れも一人息子であり、秀れたユウモリストの産物である。

「帽子と鉢巻」の主人公木村堅太郎は金持の一人息子である。些か不良化して背中に龍の刺青まで彫つたから、姉の縁談の妨害となると云ふわけで花のパリに敬遠されてしまふ。このフランス語を一語も解さぬ堅太郎君がパリで大活躍するのがこの作品の本筋であつて、ピカソがパリの御婦人に刺青を彫つたり、アルジエリヤのテロリストの時限爆弾が出て来たりニユウ・モオドの型を盗む話が出て来たり、また主人公を取巻くパリ在住の日本人の生態が描かれてゐたりして、甚だ愉快な小説である。「パリ」と呟いて溜息をつく湿つた空気はここには微塵もない。これがこの作品に愉快な後味を与へてゐて、愛すべき一不良少年を一種のコスモポリタンに仕立てた点に著者の諷刺が窺はれると云つてよい。

「逆転息子」の白壁長門は戦艦「長門」に因んだ名前を亡父から頂戴してゐるが、目下失職中の酒好きの三十男である。妙なことでアル中患者の老人の秘書となつて大金を預かり、その大金がもとでさまざまの妙な人間と交渉をもつ。永久運動の研究に没頭する床屋の親爺とか、ラアメン作りのうまい男とか、彼らの女房とか娘とか、それぞれ長門君——この長門の性格は洵に鮮やかである——のもつ分厚い札束に血相を変へて群る。ところが、アル中患者の老人の弟が現はれて大金の返済を迫る。うまい具合に酔つてどつさり買つた百万円の宝くじが当つて、長門君は再び前と同じ失業者に逆戻りする。この著者は現実を斜めに構へて見る独特の姿勢をもつてゐるが、この姿勢から来る歪曲化とユウモアが巧みに結びついて今日の世相の一端を鮮かに浮かび上らせてゐる。

「ドイツの執念」の主人公村松広太郎はベルリンに留学してゐる学究の徒である。たまたまベルリンに遊んだ「私」が彼と親しくなり、彼の叔父と彼と二人ながらドイツ人の女を妻とするやうになつた宿命的な経緯を語るのである。軽快な筆致のなかに人生の旅愁の感じられる作品である。これには他にも十二、三篇すべて著者のパリ生活から産れた作品が収録されてゐるが、何れも軽妙洒脱なコントであつてこれは著者の独擅場と云つてよからう。

河盛好蔵「随筆集　明るい風」

これは著者がある地方新聞に、百回にわたつて連載した随筆を収録したものである。「明るいものはなんでも好き」な著者が「できるだけ明るく、爽やかな読物にしたいと思って」書いたのがこれらのエッセイであつて、事実、軽快で機智に富む明るい文章は誠に爽快な読後感を与へる。

どの頁でもよい、開いた二頁にきつちり一篇が収まつてゐるのも気持がよいが、とりあげられた対象も「揮毫ぎらい」「コニャック礼讃」「王様の逸話」「駅前旅館」「勤務評定私見」「三木武吉伝」「女と買物」その他等等頗る多種多様にわたり、その何れも著者の良識に裏づけされて自ら見事な文明批評となつてゐるのである。のみならず、著者専攻の仏文学関係の愉快な挿話が点綴されてゐて、一段と興趣を添へてゐる点も見のがせない。

五冊の推理小説

有馬頼義氏の「リスとアメリカ人」、水上勉氏の「霧と影」、島田一男氏の「拳銃を磨く男」、仁木悦子氏の「林の中の家」、及び新田次郎氏の「黒い顔の男」と五冊の推理小説を読んだ。このうち、前の四作は長篇で、最後の一冊は短篇集である。

「リスとアメリカ人」は、一人の著名な医者が誘拐されるところから話が始まる。医者を誘拐したのは、むろんその必要があつたからであつて、必要の原因はペスト患者である。筋を詳しく説明する余裕もないし、また説明する必要もないと思ふが、この事件を一人の検事と一人の刑事が一体となつて追及して行くのである。筋の運びはまことに円滑で構成も見事である。登場人物も豊かな人間味を帯びてゐて、作者の並並ならぬ才能を感じさせる。

が、不満を云ふと、この作品は後半から結末にかけていささか僕に物足りなさを感じさせる。作者は最初、別な結末を考へてゐたのではないか、とすら考へる。こんなことを云ふのは、この作品が最高水準の推理小説となるはずだつたと思へるからであつて、残念でならぬ。

「霧と影」の著者はかつて「フライパンの歌」と云ふ清純な貧乏物語で好評を得た。推理小説はこれが初めてである。しかし、この第一作で作者は見事な成功を収めた。東京の繊維業界で詐欺事件が起る。地方のちつぽけな村の一小学教員が崖から墜落して死ぬ。その教員の友人である東京の新聞記者が墜死に疑問をもつて動き出す。その結果、東京の事件と地方の小事件が意外な結びつきをもつて大きく浮かび上つて来ることになる。作者の丹念な筆致は異常な迫真性を持つて読者を引きずり込まずにはゐない。

「拳銃を磨く男」は刑務所を出た犯罪者に化けた公安調査官が、偽造ドル団の組織に挑戦する話である。スピイディなタッチで次ぎ次ぎと事件が展開して息をつかせぬ。のみならず主人公がたいへんなタフ・ガイで、いとも簡単に女と臥たりする。と云へば大体の想像もつくと思ふがおそらく作者の狙ひは軽快な物語であつて、改まつて推理小説と呼ばれることではあるまい。

「林の中の家」は「猫は知っていた」の作者の長篇第二作である。ある夜、仁木雄太郎、悦子兄妹のゐる家に、電話がかかつてくる。どうやら、雄太郎に助けを求めてゐるらしい女の声である。兄妹が行つて見ると、女が一人殺されてゐた。ここから兄妹の活躍が始まる。明快な筆致で甚だ面白い作品になつてゐるが、道具立てに凝りすぎた感がしないでもない。また、犯人が意外な人物であることが判明するが、それを読者に納得させる裏づけに些か欠けるものがあるやうに思ふ。

「黒い顔の男」には十二篇の短篇が収められてゐる。例へば「七年前の顔」と云ふのは、デパアトで万引をしたと間違へられた一人の女が、彼女を万引だと間違へた保安係に六年後復讐を試みる話であり、「与論島から来た女」は、ある細君が与論島から来たと称する女に欺されて大島紬のニセモノを摑まされる話である、何れも推理小説と云ふよりは、推理の香料をきかせた作品と云つた方がいいかもしれぬ。

三浦朱門「セルロイドの塔」

「セルロイドの塔」は三浦朱門氏の長篇である。明倫大学と云ふ三流の私立大学があつて、そこに新米の岡田と云ふ若いフランス語の講師がゐる。「象牙の塔」ならぬ「セルロイドの塔」はこの大学が舞台であつて、この舞台をあちこち動きまはる岡田先生を通じて読者は戦後の大学のひとつの姿を見せてもらへるわけである。しかもこのなかに描かれた大学の姿は多少の差はあれ現代の多くの大学に共通したものだと云へぬこともない。

「象牙」ならぬ「セルロイド」だから、学問は問題にならない。若い岡田は学校の学長秘書の女性と恋愛してゐるやうな、してゐないやうな状態にある。この女性は理事の娘である。その他、学生大会とか独身職員のチョンガアクラブとか、ピクニックとか、いろいろ出てくるが作者は軽妙なタッチでユウモラスに描き出してゐて、最後まで飽かせない。一読破顔せざるを得ない。

また岡田は大学内の政治にまきこまれるが、これがこの作品の中で肝腎な点であつて教授、理事、職員等の葛藤、駈引を作者は穏やかな皮肉の眼で捉へて見せる。人間の集団に政治とか駈引は決つて付随するもので、大学と云へども例外ではない。そしてこの作品の大学を莫迦らしいと云へば、それはいまの日本を莫迦らしいと云ふことになるかもしれない。

北杜夫「どくとるマンボウ航海記」

ある大学の医局に勤めてゐる神経科の若いドクトルである北杜夫なる人物が、たまたま「一九五八年の十一月半ばから、翌年の四月末にかけて、六〇〇トンばかりの水産庁漁業調査船「照洋丸」の船医となり、およそ半年の航海をして来た」。「その船は大西洋でマグロの新漁場開拓を行ない、欧州をまわって帰って」来たのである。ところが日本に帰って来たこのドクトルは十二指腸潰瘍となり、その病気がなかなか癒らぬ。「痩せおとろえ、くたばり、その間なにひとつまともなことはできぬので、ついにカンシャクを起し、とうとうかような本を書く気になった」と云ふのが、即ち、この「どくとるマンボウ航海記」であつて、東京港を出てから、シンガポオル、スエズ、リスボン、ハンブルグ、アントワアプ、パリ、ゼノア、アレクサンドリヤ、その他を経て再び東京港に帰りつくまでの船旅の記録である。「私はなぜ船に乗ったか」に始まり、「これが海だ」、「シンガポールさまざま」、「タカリ・愛国者たむろすスエズ」、「アフリカ沖にマグロを追う」、「ドイツでは神妙に、そしてまた」、「パリの床屋教授どの」、「ゴマンとある名画のことなど」、「帰ってきた燕とマンボウ」、その他全部で二十章から成つてゐる。

船旅の記録と云つたが、著者は自由奔放な文章を駆使して独特の世界をつくりあげてゐて、まことに痛快な航海記となつてゐる。

船酔を一向に知らぬこのドクトルは、シンガポオルで要りもしない切手を買はされたり、「支那の夜」を歌ふ中国娘とドライヴしたりする。博物学にも頗る関心をもつてゐて、ラッフルズ博物館にも行つてゐる。スエズでは目薬をタカリに来る連中にホオサン水を与へたり、マグロ漁のあとでは刺身にうんざりしたり、リスボンの酒場では姥桜に云ひ寄られて神に助けを求めたり、リユウベツクではトオマス・マンの「ブッデンブロオク一家」の家を訪ねたり、ハンブルグでは大いに酒を飲み、美人相手に猛烈なジルバを踊り、そのあとは——と、こんな具合に書いて行くと際限がないが、ともかく船医であり船員と行動を共にした著者でなければ描けない世界を鮮やかに描き出してゐる。

しかも著者はその「あとがき」で「大切なこと、カンジンなことはすべて省略し、くだらぬこと、取るに足らぬこと、書いても書かなくても変りはないが書かない方がいくらかマシなことだけを書くことにした」と云つてゐる。因みに「どくとるマンボウ」の「マンボウ」とは、畳一枚ぐらゐの奇妙な図体をした魚で波間に眠つたやうにただよひ、突いたぐらゐではびくともしないのださうである。

ところで、この旅行記が独特の世界をつくつてゐる理由のひとつは、現実の地図の上の海や土地を辿りながら、著者の精神は興の赴くままに飛躍する点であらう。例へば著者はある港でガス・ピストルを買ひ求めるが、そのピストルは帰路、南支那海の辺りで波間に姿を現はしたウミボウズにまきあげられてしまふのである。読者は適当に眉に唾をつけて警戒しなくてはなるまい。が、実を云ふと、この航海記の痛快な面白さはさう云ふ点にあるのであつて、現実の世界に多分に夢を織り込みながら巧みにそれを融合させ、見事に結実させてゐるのである。

昔、僕は「ほらふき男爵」——詳しくは「ミュンヒハウゼン男爵の何とかの何とかの冒険」とか云ふのであるが——この冒険物語を愛読した。ところで「どくとるマンボウ航海記」は、僕にこの昔の愛読書を想ひ出させてくれた。

これは何やら誤解を招きやすい引用かもしれぬが、僕は「どくとるマンボウ」が「ほらふき男爵」だと云ふのではない。つまり、僕が子供のころ「ほらふき男爵」の物語を読んで味はつた愉快な感情を、この航海記によつて再び味ひ得たと云ふことである。

われわれの地球はせせつこましくなつて、夢も冒険も失はれつつある。しかし、この航海記にはその夢と冒険が――あるいは夢と冒険を求める精神が横溢してゐるのであつて、これは従来の旅行記の殻を破つた斬新な試みの成功と云つてよからう。

阿川弘之「青葉の翳り」、三島由紀夫「スタア」

阿川弘之氏の「青葉の翳り」と、三島由紀夫氏の「スタア」と二つの短篇集を読んだ。前者には六篇、後者には三篇の作品が収録されてゐる。

「青葉の翳り」は東京で大学教授をしてゐる主人公が、故郷の寺にある父母の墓を東京に移すために帰郷する話である。彼の帰郷を機会に小学校の同窓会が開かれ、そこで主人公は初恋の対象だつた女性に会ふ。が、その女性はすつかり変つてゐて、その女性と交渉をもつても何の歓びもない。索莫たる想ひを、友人と海水浴に行つて忘れてしまふ。これに父母の追憶などをからませて、歳月の推移のなかに、人間の姿を正確なデッサンで捉へてゐる。

「花のねむり」はハワイの追憶であつて、底抜けに善意のひとたちに歓待されながら、眠つてばかりゐる主人公の生活がユウモラスに描かれてゐる。ユウモラスと云へば、細君が新聞社勤務の亭主をあげつらふ「亭主素描」も、不意に訪れて来ては平然と長逗留したりして、一家内にときならぬ恐慌を来たす級友を描いた「友をえらばば」も、共に一読微笑を禁じ得ない。「順ちゃんさと秋ちゃんさ」は、古い別荘の建物に、ある時期来て去つて行く若い詩人夫婦の生活を童話風なタッチで描いたものであり、「クレヨンの絵」は、ある不幸な事故のために教師をやめて目下会社の独身寮の寮母をしてゐる女が、昔の教へ子のクレヨンの絵を見て回想にふける話であつて、最後のオチも嫌味がない。

三島氏の「スタア」は、作者が映画に出演した「経験から生れたもの」であつて、作者の頭にあるスタアなる存在に対する解釈を、一人の映画スタアとその附人の加代と云ふ女を中心とする生活に具現して見せてくれる。つまり、観念の具象化を試みたわけであるが、その操作はまづ成功を収めたと云つてよからう。

「憂国」は材を二・二六事件にとり、新婚のため仲間から外された青年将校が、仲間に殉じて割腹し、その妻も夫に殉じて喉咽を貫く話である。死に直面した男女の心理、行動が鋭い筆致で捉へられてゐるが、その悲壮な内容にも拘らず、この作品には陶磁器などのもつ固く冷やかな感触がある。これは「美しい蝶を標本にして」「顕微鏡で」調べやうと思つただけだと云ふ作者の態度から来るものであらう。「百万円煎餅」は何やらいかがはしい商売をしてゐるらしい若い夫婦を扱つてゐるが、気の効いた好短篇と云つてよい。

「谷崎精二選集」

人生七十古来稀なり、と云ふ。本書は、谷崎精二氏の古稀を記念して刊行された選集である。著者は周知のごとく、潤一郎氏の弟であつて、大正初期のころ、広津和郎、舟木重雄、相馬泰三、葛西善蔵等の諸氏と共に同人雑誌「奇蹟」を発刊し文壇に登場した。その後、早稲田大学に英文学を講じ、長く文学部長の職にあつた。従つて、この選集には作家としての谷崎精二氏と、学究としての谷崎氏の両面に渉る労作が収録されてゐて、小説と評論の二項に大別されてゐる。

因みに著者は「読み返してみていやな気がさすのは評論よりも小説に多い。これは評論が立派だといふ意味では決してなく、小説を書く場合は多少なりとも裸身になつてゐるからであらう」と後記に述べてゐるが、これは著者の潔癖の云はしめるところであらう。が同時に著者の作家的態度の一端が窺はれぬでもない。

小説は、読売新聞に連載されて著者の代表作のひとつと見られてゐる「離合」（大正五年）のほか「地に頰つけて」（大正四年）「祝宴」等六篇が収められてゐる。「地に頰つけて」は、著者が青年時代勤めてゐた発電所に取材した作品で〝発電所もの〟と云はれてゐる一連の作品のひとつである。当時好評を得て、出世作となつたものである。昭和七年の作品に、教師と教へ子を扱つた「祝宴」と云ふ短篇があるが、善意に溢れたすがすがしい後味の作品である。

評論は「小説形態の研究」「葛西善蔵評伝」ほか「純粋小説の問題」「文学の一方向」等八篇が収められてゐる。「小説形態の研究」は学位論文であつて、学究としての著者が広く外国文献を渉猟しながら、著者自身の作家経験を生かして産み出した労作である。その意味でもユニイクな研究であつて、著者の代表的業績に数へられやう。

「葛西善蔵評伝」は、前述の「奇蹟」時代から親交のあつた葛西善蔵を論じたもので、蓋し葛西善蔵論の最適任者と云つてよからう。その苛烈ながらも飄逸味を帯びた葛西善蔵の人間と芸術が、あますところなく描かれてゐて甚だ興味深い。同時に、貴重な文献ともなつてゐるのである。

藤枝静男「凶徒津田三蔵」

本書には、表題にとられた「凶徒津田三蔵」ほか、「阿井さん」「明かるい場所」の二篇が収録されてゐる。このうち、「津田三蔵」が最も長く、最も力作感に溢れてゐる。この作品は、大津事件として知られてゐる、露国皇太子ニコラスを襲撃した巡査津田三蔵を描いたものであつて、明治五年三蔵が名古屋鎮台に這入つてから、明治十五年退役となり、のち巡査を拝命し、明治二十四年五月ニコラスを斬るに至るまでを、克明にクロニクル風に辿つてゐる。つまり、明治維新と云ふ大きな変動の時代に生きた、一人の士族出身の若い男の記録であるが、作者は変転する時代に生きる庶民の姿を巧みにとらへ、その背景の前に三蔵を鮮やかに浮び上らせることに成功してゐると云つてよい。

作者はこの作品に二年半を費したらしい。その間、暗い事件が相ついで起つた。「あとがき」を見ると、きはもの扱ひにされるのを怖れてゐるらしいが、それも無理はないのである。しかし、この作品は、むろん、きはものではない。例へば、三蔵は県令代理の護衛となつて、地主と官吏の結託に不満を抱き暴徒化しようとする小作人鎮圧に赴いたりするが、作者は明確な文章で、一地方の僻村に混乱の時代を凝固させ、見事な縮図を描き出してゐる。

「阿井さん」は、「私」の兄の親友だつたが、兄が死んだので私が親しくなる相手の男のことを書いた作品である。この人物は発明にこつてゐて、特に立体映画の発明に没頭してゐる。いまから、二十余年も前のことである。近親も親戚も阿井さんを軽んじてゐるが、「私」は阿井さんに好意をもつていろいろ交渉がある。結局、発明にこつて何ひとつものにならなかつた、ちよつと風変りの人物は死んでしまふ。淡淡とした筆致で、後味のいい作品に仕上つてゐて、僕は興味深く読んだ。

「明かるい場所」は、昭和二十年一月から、戦争が終るまでの間の日記体の小説であつて、日記をつけるのは、ある医科大学の若い講師である。

この講師の先輩で、S海軍工廠共済病院副院長の中佐が学位欲しさに、この講師を自分の病院の嘱託にする。日記はこの間の、戦時下の醜い人間の姿を描き出す。

自分の地位を利用して狡猾に物品を横領しようと云ふ人間とか、空襲の状況とか、工員数人と関係して亭主に斬られる床屋の女房とか――その間、主人公は一人の看護婦と関係をもつ。結局、中佐は艦載機の銃撃で死に戦争は終る。陰鬱な当時の世相を描きながら、暗く不愉快なものは覚えない。おそらく、文章が清潔な故であらう。

石坂洋次郎「あいつと私」

「あいつ」は黒川三郎、「私」は浅田けい子と云つて、二人とも都心から大分離れた大学の学生である。二人とも金銭的には恵まれた家庭の子供である。しかし、「同じ家庭と言っても」「黒川家のそれと私のそれとでは、寒帯と温帯ほどにもちがっている」。

「あいつ」は一人息子で、母親は有名な美容師である。が、父親は装飾的な存在であつて、家庭と云ふ、世間に通用する一種の信用状のために存在するにすぎないやうな男である。そしてその家庭には、母親の情人が公然と出入したりする。黒川三郎の本当の父親はアメリカにゐる。彼は母親から愛情の代りに金銭を与へられて育つた息子である。

これに反して「私」は四人姉妹の長女で、家庭内で男と云ふのは父親だけである。父親は電気器具をつくる会社の社長で穏健な紳士であり、母親もよき母である。つまり、たいへん堅実な申分のない家庭である。

「あいつと私」は、この二つの家庭の二人の子供を中心に、その家族、学友たちをからませて話が進行する。学友のなかには結婚して退学するものもある。デモに参加して怪我するものもある。酒を飲んで男に犯される女学生もある。「私」はそんないろんな出来事を見たり、経験したりしながら、次第に「あいつ」に接近して行つて、最後にはどうやら「あいつ」を失ふことを怖れるやうになつたらしい。

これは「週刊読売」に連載された長篇小説であるが、作者は二つの家庭を対照させながら、若い世代の生活を、云はば、わけ知りの翁とでも云ふ語り口で、巧みに描き出して読者を飽かせない。手なれた筆致に、適当のユウモアを交えて、興味深い作品に仕立ててゐるのである。

戸川幸夫「野生の友だち」「愛犬放浪記」

ブナの大木にクマタカの巣があつて、なかに白いふはふはした羽毛を持つヒナがゐる。そのクマタカの巣のすぐ下にヤマガラが巣をつくつてゐて、クマタカの羽根を頂戴したり、クマタカがヒナに持つて来た餌のおこぼれを頂いたりしてゐる。モズが襲つて来ても、クマタカが追ひ払ふ。その替り、ヤマガラはクマタカの家を掃除してやつてゐるのである。

これは「野生の友だち」の「鷹」に出て来る話だが、著者は双眼鏡でその様子を具さに観察してゐる。これは数多くの興味あるエピソオドの一例にすぎない。「野生の友だち」は野生の世界に魅せられた著者が、山野に、また海洋に、野生の動物を求めて出かけて行つて、実地に見聞したことを随筆風に記したものであつて、洵に愉快な本である。

例へば人工の世界に窒息しさうなわれわれの頭上に窓が切られて爽快な風が吹き込むやうな感じがする。著者は「熊」の生態を捕へようと山に這入つたり、「海豹」「海豚」の姿を求めて、北の果ての知床半島で猟船に乗り込んだりする。海豚が船と競争する話も面白いし、何十貫と云ふヒグマの赤ん坊が僅か百匁足らずと云ふのにも面喰ふ。他に「猪」「羚羊」「鹿」「狐」等の話もある。夜おそく、一人の男が若い女に会ひ狐だと思つて尻尾のある辺りを抓《つね》つた、と云ふ話が昭和五年の緑ヶ丘辺の実話だと云ふ。

「あとがき」で著者は「あまり専門的にならず、それかといって非科学的でなく、気楽に、面白く読める動物随筆といったところで」書いたと云ふ。まさに看板に偽りなしと云ふところだらう。慾を云へば、本文中にも地図とか写真を入れて欲しかつたと思ふ。

「愛犬放浪記」は「犬」「狼と山犬」「猿」「その他動物たち」の四章に分れてゐる。アカと云ふのんびりした犬が二階の座敷で小便する。そのあと、東京から来た偉い人が床の間に放尿した。その偉い老人は大倉喜八郎であつた。これは「犬」のなかの挿話だが、幼時から親しんだ犬について、また直木賞作品の「高安犬物語」についての註釈とか、何れも著者の動物に対する並並ならぬ愛情の産み出した文章である。同じことは冬の猿の生態を探りに山にこもつて苦労する話とか、大英博物館の標本蒐集にやつて来た米人アンダアスンの話についても云へる。著者は動物から「教えられること」が多いと云ふが、読者もこの本からいろいろの意味で教へられることが多いだらう。

水上勉「蜘蛛の村にて」

「あとがき」によると、「蜘蛛の村にて」は昭和三十四年「地上」と云ふ雑誌に「黒い谿《たに》」

と云ふ題で掲載されたものださうである。女郎蜘蛛を捕りに八幡谷の奥に這入つて行つた子供が変死体を発見するのが、その発端である。舞台は日本海辺の小さな村で、この村は若狭地方を襲つた十三号台風で大きな被害を受けてゐる。その被害に対処するため土地改良組合なるものが出来上つて政府からこの組合に三千万円近い金が下りる。変死体の主はこの組合の副理事長で彦坂と云ふ。理事長は木部と云つて、木部が公金を横領してゐるらしい。彦坂がそれに気づいて事実を明るみに出さうとしたため殺されたと考へられる。当然、犯人は木部と推定されるのである。

しかし、その木部がある日、縊死体となつて発見される。自殺したのだと思はれる。しかし、一人の女性が介在して、犯人は意外な人物であることが判明する。裏日本らしい雰囲気の漂ふ作品で、田舎警察のもたもたした活動も実感があつて面白い。しかし、意外な犯人の判明するきつかけが、ある男が釣をしてゐて彦坂の旅行鞄を釣り上げたことにあるが、この「きつかけ」が弱いやうに思ふ。水上氏独特の粘りを発揮して、もう少しもたもた捜査させたらどんなものかと思ふ。さうすれば作者の意図した動機の点も、却つて比重を増したのではあるまいか。

この本には他に「吹雪の空白」「千鳥ヶ淵にて」の二つの短篇が加へられてゐる。二篇とも面白いが、殊に前者は札幌を舞台に、一人の検事が二つの殺人事件を結びつけて犯人を推定する話で、さらりとした味の好短篇と云つてよい。

獅子文六「箱根山」

獅子文六氏の「箱根山」は文字通り箱根山に舞台をとる長篇小説である。箱根山では戦国時代も同様、たいへんな戦争が行はれてゐる。例へば「西郊」「関急」の二大会社がバス路線のことで角つきあひしてゐる。その子会社の「函豆」と「横断」は芦の湖に浮べる遊覧船をめぐつて建艦競争に大童である。そこに、第三の男北条一角が割りこんで戦艦大和にも似た大ホテルを建てたり、芦の湖スカイ・ラインの道路工事を始めたりしてゐる。

しかし箱根と云ふところでは昔からケンカばかりしてゐたらしく、現に、足刈にある「玉屋」「若松屋」の二軒の旅館はチョンマゲ時代から反目しあつて今日に及んでゐる。この両家は元は祖先を一にする理由から、年賀、冠婚葬祭の礼は忘れないくせに、その他の交際は一切絶つてゐる。

玉屋の主人は八十九の婆さんだが、頗る気が強く忠実な老番頭小金井と共に若松屋と張り合つてゐる。若松屋の主人幸右衛門は大学出のインテリで、本業よりも「歴史研究」に現を抜かしてゐるが、これも玉屋には負けられぬと思つてゐる。

ところが若松屋の一人娘で十六歳の女学生明日子が、玉屋の十七歳の番頭乙男を家来にして、英語の勉強を見て貰つたりして、憎からず思ふやうになつたから、話が面倒になる。乙男は、戦争中若松屋に収容されたドイツ軍艦の乗組員フリッツ軍曹が、玉屋の女中に産ませた混血児で、難産で母親が死んだから玉屋で引取つたのである。性質はよし、頭はよし、体格はよしと云ふ少年で、箱根に自動車道ばかりでなく人間の通る道を造つたらどうかなんて云ふ意見も述べたりするから、北条一角に見こまれて引抜かれさうになる。

ちやうどそのころ、玉屋が火事になる。玉屋では以前から温泉の試掘に無駄に金を使つたりしてゐて新築資金がない。乙男は資金出すと云ふ交換条件で北条の会社に這入る。むろん、明日子とも別れねばならない。しかし、二人は十年後に両家の確執を捨てた合同の事業を始める夢に胸をふくらませてゐる。

一方玉屋の婆さんはガタが来て寝こんでしまふ。若松屋に対しても平和主義者になる。若松屋の主人も張りを失つて東京へ出て学者たらんとする。ところが、突然温泉が噴き出して、途端に玉屋の婆さんは猛然と闘志を燃やし始める。むろん、若松屋も負けてはゐない。こつちも温泉を掘り出さうと考へる。

獅子文六氏の気骨あるユウモアと諷刺はかねてから定評のあるところだが、この作品にもそれが遺憾なく発揮されてゐて、一読、軽妙洒脱の筆にしばしば破顔を禁じ得ない。例へば、箱根山の一陣の風が埃つぽい街を吹き抜けたとでも云はうか。

梅崎春生「てんしるちしる」

仙波丈助なる男がゐる。定年近い係長で酒飲みで鼻の頭が赤い。アパアトを経営してゐる細君のクマエに頭が上らない。クマエは亭主が戦争に引張られてゐた留守の十年間、女手一つで子供四人を育てあげ、のみならず土地まで買ひこんだ女丈夫だから、クマエの妹の亭主熊沢大五郎、その後添の勝気な富子もとても太刀打出来ぬ。戦後強くなつたものに、と云ふ言葉があるが、この小説でも女性は大抵姿勢がよく男性はその後塵を拝する傾向がある。

ところで丈助が怪し気な古文書や古地図を携へて、九州へ宝探しに出かけたところから話が始まる。が、その古地図は丈助の戦友瀬戸流吉が信州の片田舎で作つた偽物である。流吉は復員してみると自分の墓が出来てゐたと云ふ人物で、家督も妹の亭主に譲り、自分は土蔵暮しをしながら釣をやつたり、土器を造つたり、カンピヨウの帽子、カツオブシのボタンなぞ食べられる登山用具の研究もする人生の「余計物」の一人である。作者はこの流吉を取巻く田舎の生活と、丈助を取巻く東京の生活と云ふ二本の縄をより合はせながら、「間違いや思い違いで」動く人間の滑稽姿を描き出してゐるが、後半に至つて流吉の方が「ふくらんで」主人公らしいと判る。

から書くと簡単だが、実を云ふとこの作者は一筋縄ではいかぬ人物であつて、この小説も容易なことに正体を見せぬ。子供の遊びに眼かくし鬼とか云ふのがあるが、それと同じことで、これが主人公かと掴まへると、鬼さんこちら、と逃げられて読者は大いに面喰ふ。作者は鬼ごつこを適当に愉しみながら、読者を引張つて人生の皮肉を、またその苦笑を見せてくれるわけである。因みに、「天知る地知る」は作者によると、この後に「人知らず」とつづくのださうである。

山本周五郎「季節のない街」

ある「街」があつて、一本の市電が読者をその街に連れて行く。外界との交渉をもちたがらぬ極貧者の住む街で、一本の市電なるものも、実は「街」から程遠からぬところに住む、電車ばかと呼ばれる六ちやんの主観の産物にすぎない。が、この奇妙な実在しない「街へゆく電車」に乗せられてしまふと、読者の眼前には街の住民たちの姿が、その生活がつぎつぎと展開してくる。

例へば増田と河口と云ふ二人の日雇人夫がゐる。彼らは長屋住いをしてゐるが、あるとき、酔つた弾みで女房が入れ替つてしまふ。別に取替へた訳ではない。天然自然の成行で入替つたので、それで何の悶着も起らぬ。ところが暫くすると再び酔つた弾みで、入替つた女房は元の亭主のもとに戻り、二人の日雇人夫は何事もなかつたやうに肩を並べて仕事に出て行くのである。

その他、あちこちの残飯を貰つて掘立小屋に暮しながら、架空の邸宅を夢見る親子もあれば、憂国塾なる看板を掲げてビスマルクを云云する人物もある。妙な女房から逃げられぬ男もゐるし、五人の子供の父親が皆違ふ子持の男もゐる。倹約を旨とするあまり、大事な生命まで倹約する一家もあるし、「街」のデウス・エクス・マキナアと覚しき老人も紹介される。つまり、作者はこれらの個人、あるいは家族を中心とする十五の物語によつて、人生の吹溜りの如き街に住む人間の悲喜劇を見せてくれるのであつて、物語の設定法としてはS・アンダスンの「ワインズバアグ・オハイオ」に近いかもしれぬ。

作者はあらゆる虚飾を去つた最も素朴な生活の原型を、適度のユウモアとを交へて描き出してゐるが、この「ぎりぎりの生活」が読者の心をうち陰惨な影を落さぬのは、むろん、ユウモアばかりではない、作者の愛情に裏打ちされてゐるからに他なるまい。

安岡章太郎「質屋の女房」

一人の学生が母親との間に気まづいことがあつて、腹立ちまぎれに外套を普段行かぬ近所の質屋にもつて行く。何遍も利用してゐるうちに、その店の二号と覚しき女房と親しくなり、出征した学生の入質した本の整理を頼まれる。その結果、女房と妙なことになつて帰宅すると召集令状が来てゐる。入営の前日の夕刻、質屋の女房が「風邪をひかないように」と外套をもつて来てすぐ消えてしまふ。これは題名にとられた「質屋の女房」と云ふ作品であるが、この作者独特の発想法と手慣れた技巧が結合して小味な好短篇となつてゐる。

この作品集には他に七つの短篇が収録してあるが、一番長い「むし暑い朝」はやはり戦争期にかかるころの学生たちの生活を、一人の主人公とその相手の喫茶店の女の妊娠、堕胎を中心に描き出したもので、当時の学生のけだるい憂鬱な風景が捕へられてゐる。

「家庭団欒図」は十二坪半の「私」の住居に、「私の父親」が母の遺骨と数羽のニワトリをもつてK県からやつて来たことから始まる家庭のいざこざを、巧まざるユウモアをもつて描いてゐる。結局そのいざこざを解決するには父親に後妻をあてがふしかないと云ふことになつて、父親は目黒のG園で結婚式をあげることになる。この作者は独自の「私小説」なる鋳型をもつてゐて、素材をそのなかに溶かしこむことが多いが、この作品の場合は材料も火加減もよろしかつたのだらう、見事な成果を収めてゐる。

「裏庭」と云ふのは三十いくつでアメリカに留学してゐる一人の男の孤独な生活を、彼と交流のあるもう一人の日本人の男のアメリカ女との他愛もない恋愛をからませて描いたものであつて、スケツチ風の淡淡たる筆致でパステル画を想はせて悪くない。主人公は役人で役人生活を一時的に離れたくて留学したことになつてゐるが、その説明も不要と思はれるほどである。他に「軍歌」「革の臭い」「雨」の三篇があるが、この作者のものとしては特筆するに当らぬだらう。「焼き栗とアスパラガスの街」は朝鮮の京城で過した「私」の少年時代の追憶であり、ポケツトに残る焼栗のぬくもりを感じさせると云へるかもしれぬ。

佐々木邦「人生エンマ帳」

中学時代、僕は佐々木邦氏が母校の明治学院をメシガクエンと云つたと云ふ伝説を聞いた。それから、若き佐々木邦氏が気障で鼻もちならぬ賀川豊彦氏に鉄拳制裁を加へたと云ふ伝説も聞いた。尤も本書によると殴つたのは別人らしいが、「苦心の学友」等から「愚弟賢兄」「ガラマサどん」その他を愛読した僕に「佐々木邦」なる名前はたいへん懐しい。湿気の多い文学の世界に明るい大人の笑ひを供給した名前として、より高く評価されて然るべきだと思ふ。

本書に「名前負け」と云ふ一文がある。中学生のとき漢文の老先生から君の父親は漢学者かと訊かれる。理由は判らぬが、さう訊かれただけでその先生が好きになる。その後五十年ほどして史記列伝を読み始めたら、たまたま「漢の高祖姓は劉氏名は邦」に行き当り、五十年前の先生の質問の意味が解けたと云ふ。この些細な疑問の解決に要した五十年は長すぎるかもしれぬ。しかし、それが人生と云ふものであらう。著者は本書を「私の人生のエンマ帳だ。私の人生の採点である。私がこういう世の中に住み、こういう人達と交渉したことが書いてある」と云ふ。

「笑いの心理」「ヒゲと毛髪」「釣魚談義」「青山と新宿」「わしが国さ」「鋏の紐」等、収る随筆四十篇余、何れも一読微笑を禁じ得ない文章であつて、これは例へば一見気むづかし気な教壇の先生から、含蓄とユウモアに富む人生談を聞く心地がする。「余技閑談」その他を見ると、この先生は絵を能くすることが判る。「余技は己惚五十パーセントなら百パーセントを上下する」と云ふ著者が衝立に描いた雀を猫が引搔いて大騒ぎになつたとある。尤も決して鰹節の汁を入れて描いたのではない、ただ、たいへん利口な猫だつたのだ、と断わつてある。

「少年少女新世界文学全集6　イギリス現代編Ⅰ」

外国にはすぐれた童話を書いてゐる文人が多い。英国も例外ではなくて、ここに収めてある「黄金の島」を書いたデ・ラ・メアもその一人である。本書には他にトレットゴオルドの「あらしの島のきょうだい」及びストレットフィイルドの「サーカスがやってくる」の二篇が収録してある。何れも面白いが、もう少し面白くなる筈だがと思はれるところがあつて、多少気にならぬこともない。しかし、それぞれ三者三様の持味があつて愉しい読物である。

「あらしの島のきょうだい」は、いはゆる冒険物語である。第二次大戦中、ドイツ軍に占領された島に、ミックとキャロラインと云ふ二人のイギリス人の兄妹が、手違ひから家族と別れて取残される。二人は子供たちの乗馬クラブの本部になつてゐる洞窟にかくれて生活を始める。同じクラブの会員の父親の怪し気な行動から、兄妹は彼をドイツの手先と考へる。しかし、実は英国の情報部員であることを知り、それに協力してドイツの秘密情報を入手することに成功し、めでたく英海軍の手によつて島を脱出すると云ふ話である。この作品は一九四一年に児童文学賞を与へられたさうだが、いかにも戦時中の作品らしく、同時に子供の喜ぶ作品らしく、愛国心と正義感とナチスへの反感を、巧みに動物愛に織りこんでゐるのである。

「サーカスがやつてくる」は趣きが違ふ。ピイタアとサンタと云ふ二人の孤児の兄妹がゐて、おばさんの家に住み、上品ぶつた生活をしてゐる。そのおばさんが死んで孤児院に送られさうになる。兄妹はおじさんのガスを頼つて逃げて行く。このガスがサアカスの芸人である。兄妹は内容はからつぽの気取つた教育を受けてゐるから、いろいろ悶着がある。しかし、巡業について廻はるうちに二人は世間を知り、生活の意味を知り、やがてサアカスの一員になる大きな夢を前途に見出す。作者は子供の喜ぶサアカスを舞台に、その生活のなかに人間のあり方をさり気なくユウモラスに示唆してゐるのである。

「黄金の鳥」はまた趣きが変つてゐて、三人兄弟の末つ子が黄金の鳥を探しに出てそれを見つけ、お姫さまも見つけて幸福になると云ふ話である。不思議な狐が出て来たり、二人の悪い兄がゐたりして、これは作者の独創と云ふより古い童話に容易にその原型が見出される。おそらく、デ・ラ・メアは美しい夢を美しい言葉で語りたかつたのだらう。（講談社刊）

伊藤桂一「溯り鮒」

これは「溯《のぼ》り鮒《ぶな》」を含む九篇の作品が収録された短篇集である。しかし、「母の上京」から、「日々寂日」に至る六篇はそれぞれ関連があつて、作者の言葉を借りると「一連の私小説的な記述をたどつて」ゐる。謂はば鎖の環のやうに繋つてゐるのである。この六篇に扱はれてゐる世界は、母と息子の「私」と妹の三人の生活に限定されてゐて、この三人を結びつける肉親の絆と云ふものを丹念に描き出してゐる。

「母の上京」は東京に住む「私」のところに田舎から母が上京してくる。貧しい「私」は無理して金をつくり母と東京見物し浴衣地を買つてやる。その浴衣を妹に縫つて貰つて着てゐる母は「私」を人に自慢する。既にここには三人が一緒に暮らせるといいと云ふ希望があつて、「猫の上京」では地方から母と妹が上京してくることになる。しかしトラ助と呼ぶ飼猫も一緒に上京してくるので、そのため、三人が尠からず気を使ふ。

「日々好日」は漸くアパアトに落着いた三人の生活が、それに関連する野良犬や猫や人間と共にユウモラスに描かれてゐる。しかし、その生活も妹が病に倒れて暗転し怪しげな祈禱師が現はれたりする。ある日、「私」は釣に行き淵から上の流れに跳ね上る鮒に感動する。これが「溯り鮒」である。「雀の国」では永らく病床にあつた妹の死の前後が書かれてゐる。妹が死ぬと、それまで来てゐた雀の群が来なくなる。「日々寂日」である。妹の墓が出来て、二人だけになつた母と息子は互ひに神経痛の灸を据ゑあふ。茲にときには見苦しいまでの肉親関係を描きながら、自ら静穏のたたずまひを見せてゐるのは、底に潜む作者の情の詩故であらうか。他に「夕焼のメルヘン」「遠い砲烟」「奇妙な患い」の三篇がある。

大竹新助「武蔵野　文学風土記」

最初にヘリコプタアから見た隅田川と勝鬨橋のカラア写真があつて、つづいて露伴や荷風の文章が引用してある。神田川や佃の渡しの写真もあつて――渡しわたれば佃島。メトロポオルの灯が見える、と木下杢太郎の詩の引用もある。それから、銀座、湯島天神、ニコライ堂、外苑、新宿、更に妙法寺、芦花公園と次第に西に移つてくる。

傍題に「文学風土記」とあるやうに、武蔵野を中心に、その周辺の、文学作品もしくは文学者に縁のある風物を写真で紹介してくれるのが本書である。適当にカラア写真をはさみながら、それぞれ簡単な文章がついてゐる。平林寺の美しい写真には「平林寺は『野の禅寺』に上林暁の描くところ」あるいは「国木田独歩のいう『武蔵野』は、かれの逍遥したあたりにはもうすでになく、ここ平林寺に残るかのようである」とある。

また西から東に移つて柴又の帝釈天のところでは「川甚」の名をあげて「人生劇場」と結びつけてゐる。もつとも武蔵野周辺と云つても、朔太郎の前橋から赤城、榛名、伊香保、小諸に及び、更に急転直下――これは頁を繰つてさう感ずるのである――鎌倉、江の島、茅ヶ崎、更に小田原、箱根、九十九里浜の如くかなり広範囲に亘つてゐる。従つて、至極簡単に片付けられてあるところがあるのもやむを得まい。

「はしがき」に、「ただ、気ままに、小説や詩歌の舞台を思い出すままに（中略）杖を引いただけのことである」とあるが、写真は何れも美しい。美しい写真に要を得た文章がついて、なかなか愉しい本になつてゐる。著者の云ふ、そぞろ歩きの手引きとしては恰好の書であらう。なほ巻末に五十頁ほど補足的の文章がついてゐるのもいい。

伊馬春部「桜桃の記」

伊馬春部氏は太宰治の生前、最も親しかつた旧い友人の一人である。昭和七、八年ごろ井伏鱒二氏を介して知り合ひ、その親交は太宰の死に至るまで変らなかつた。僕の学生のころ、伊馬（当時は鵜平）、太宰、これに中村地平を加へた三氏は「井伏門下の三羽烏」と称ばれてゐたものである。蓋し太宰治を戯曲化するには最適任者と云ふべきだらう。

本書の第一部の戯曲「桜桃の記——もう一人の太宰治」は「展望」に発表され、紀伊國屋ホオルで上演され、同じころ芸術座で太宰治を主人公とする芝居が上演されたためもあつて、一種不可思議な太宰ブウムを巻き起したことはまだ記憶に新しい。この戯曲は太宰が文壇に出る少し前から玉川上水に入水するまでの間のことが書いてあるが、作者は太宰についての豊富な資料を投入して人間太宰を克明に描き出してゐる。僕は前にこの芝居を観たが、こんど読み返してみてこれが太宰治を知る上のいろいろの手がかりを持つことに気がついた。例をあげる余裕はないが、作者が「太宰治研究の一資料たらし」めやうとした意図は十分成功してゐて、貴重な資料と云つて差支へあるまい。

第二部の「太宰治と私」には太宰に関する三十数篇の文章が収めてあるが、それも「資料」として貴重であると同時に戯曲の註釈の役割も果してゐる。しかし、何よりも読む者の心を打つのは第一部、第二部を通じて作者の太宰への純粋な愛情が感じられることである。それが、もう一人の太宰治を書かせたのであり、同時にこの戯曲を「私小説」的にしてゐると云へるのだが、第二部の「後記」に見られる太宰の遺書に関する条りの作者の世間に対する怒りも見逃すことは出来ないのである。

網野菊「心の歳月」

「晩秋」と云ふ文章を見ると、著者は戦後まもなく成城のバラック建ての小屋にちよつとの間ゐた。「人里はなれた広い庭の中のこの小屋の住いは、私をひどい孤独感でなやました」。

それでも始めて武蔵野の紅葉の美しさを知つて驚嘆したと書いてある。東京の町のなかに生れ育つた人の感じがする。それから、九段の小さな家に落着いて、最近までそこに住んでゐた。この本にはその二十数年間に書かれた随筆が百三十近く収められてゐて、さり気ない身辺の出来事が追憶を交へながら語られる。その控へ目な静かな生活の表情が美しい。

「銭湯で」二人の娘が話してゐる。一人が自分の主人夫妻は働く者の気持の判る人だから、此方も骨を折る気になる。まだ一度も怒られたことはないと云ふ。それを聞いて、娘もいいがその主人夫妻も見たいものだと心温まる思ひで帰つてくる。「歳末」に妹の墓参りをしたいが花を買ふ金がない。客に貰つた花のなかから新鮮なのを選んで、一番安く行ける道順で青山墓地に行く。家に帰つたら途端に思ひがけない稿料が届いて、「あんまり嬉しくて、ぼんやりしてしまった」と云ふのもいい。

「としより」にこんな話がある。能楽堂に行くのに歩いてゐて、狭い歩道で車も心配だから、若い店員ふうの男を楯にするやうにしたら先方も親切にかばつてくれる。歩道が広くなつたから、どうぞお先へ、と礼を云ふと若い男にお年寄りだから気をつけなさいと云はれてギヤフンとする。御本人は「年より若く見えているつもりでいた」のである。奈良で、二人の男に大仏の拝観券をやつてから、その二人が悪者で国宝の燈籠に手をつけたらどうしようと心配でたまらなくなる、と云ふ話も面白い。どの文章にもつつましい著者の心が現はれてゐて、ものを見る眼が綺麗に澄んでゐて清清しい気がする。

肉親を語る文章の他に、正宗白鳥、志賀直哉、広津和郎、室生犀星その他の文学者を語る文章もある。志賀さんのお供で「百花園」に行く文章もいい。「美事な夫婦」は志賀直哉夫妻に対する純粋な讃歌である。それから、女子大時代の先生の追想もあるが、「小川順子先生」「ミスE・G・フィリップス」なぞしみじみとした味がする。

永井龍男「コチャバンバ行き」

寿一郎は二年前に会社を停年退職して、大財閥の大番頭だつた父から貰つた湘南地方の家に住んでゐる。

細君の郁子は活発な女性で「趣味のきもの」のセエルスに家を外に飛びまはるが、亭主の寿一郎は頭に白いコック帽をのせて料理をつくる。料理自慢だし白いコック帽がよく似合ふ。土地も二度ほど切売りしたがまだ三百坪ばかり残つてゐるから、いざと云ふときにはそれを売ればいいと云ふ気がある。しかし、自分たち夫婦は離れに住み、夏場は母屋を高級社員寮に貸すことも忘れない。

この寿一郎の家庭生活を中心に、それに関係ある人たちとの交渉の明暗が描かれてゐるが、この作品を読むと如何にもこんな夫婦がゐて、湘南地方でこんな生活をしてゐるに違ひないと思はれて来る。それが小説の実感であつて、さう思はれて来ると作品のなかに格別の事件も筋も必要でなくなる。ただ人間の動きや情景を見てゐるだけで充分と云ふ気がする。その人間の動きや情景が、アクセントのよく効いた文章で鮮かに浮び上つて来る。

例へば書出しは夜更けに入浴中の細君と風呂場の外の寿一郎の会話で始まるが、この二人を取巻くしいんと静まり返つた夜の空気が肌に感じられるやうである。話し終つた寿一郎は台所へ行つて詳細に冷蔵庫の中を点検する。

「よく片付いた流し場の端に、シジミ貝がボールに生けてあった」

寿一郎が電気を消すとシジミ貝が「水の中で鳴いたようだった」とあるが寿一郎と云ふ人間や夜更けの情景がはつきり見えて来る。しかもその陰に作者はさり気なく死を暗示してゐる。冒頭の夫婦の会話のなかにも死が何気なく挿入されてゐるが、その後の何でもない日常生活のなかにも死は眼立たぬ形で影を落し、コチヤバンバ行きに繋るのである。

南米のボリビアでコチヤバンバと云ふ町へ行くバスが山中で故障を起す。故障がなほるまでの間、七人の乗客はその辺の木の実をとつて食つたが、コチヤバンバへ着いたら乗客七人は運転手の知らぬまに眠るやうに安らかに死んでゐた、と云ふニユウスが「コチヤバンバ行き」である。このニユウスを伝へた植野に寿一郎は「その山中は、極楽に一番近い場所なんでしょうな」と云つたりしながら、植野のために珈琲を淹れたものかどうか考へたりする。この辺りにも作者の感傷を消す澄んだ確かな眼が感じられる。

三浦朱門「武蔵野インディアン」

そもそも武蔵野インディアンとは何者かしらん？　と思つてゐたら、この本のなかで「先祖代々」に続いて二番目に収録されてゐる「武蔵野インディアン」のなかで、或る人物がこんなことを云つてゐる。

「お前たちは、御維新後、都になった東京にやって来た東京白人よ。おれたちは原住民武蔵野インディアンよ」

昔、立川に府立二中があつたが、おれたち、と云ふのはその府立二中の卒業生で、大体、学校のある立川から拝島、福生、八王子辺にかけて、昔から三多摩に住んでゐた住民の子孫と云ふことらしい。それが昔の同級生であつた久男に向つて、

——お前は白人だ。俺達はインディアンだ。

と開き直る。この発想法が何だか可笑しい。この久男なる人物は、「先祖代々」を見ると、子供の頃は武蔵境に住んでゐたと云ふから、これも武蔵野インディアンの領分だらう。そこ

で原住民の子供と遊んでゐるから、子供の頃からインディアンと附合があつたと云ふことになる。

多少時間はずれるが、武蔵境は知らない土地ではないから、この辺を読むと如何にも田舎臭かつた町の姿が浮んで来て懐しかつた。インディアンの子供達の話も面白いが、多くのさり気ない挿話も悪くない。例へば、おヨシさんなる些か頭の足りない娘に玉蜀黍を三粒貰つて、道傍の三角形の空地に蹲いて小便をかけたとか、いり豆を齧りながら茶をいれて飲む踏切番の爺さんが、梃子式の踏切のバアを操作して白旗を振つたとか、遠い昔の風景の表情が鮮かに甦る。

久男には中学時代の友人のインディアンが何人もゐるが、学校を出てしまふとしよつ中顔を合せるなんて云ふことは先づ無いのが普通だらう。久男の場合も例外ではない。「敗戦」「解剖」の二つにも昔のインディアンが何人も登場するが、顔を出す場合も一風変つてゐる。何十年も没交渉で過してゐたのに、突然、昔の級友から電話が掛つて来て、この大ウスバカヤロウ、と怒鳴るのだから怒鳴られた久男は面喰ふ。怒鳴つた理由は省略するが、当人は拝島市長だと云ふのだから、何だか面白い。

或は、戦后買出しの帰途久男の会つたインディアンは陸士出身で、最初米軍の通訳をしてゐるが、間も無く工務店を始め、それから三十年振りに会つたら運輸会社の社長になつてゐ

郵便はがき

料金受取人払郵便

神田局承認

4741

差出有効期間
平成32年５月
６日まで

101-8791

514

千代田区神田小川町３－12
岩崎ビル２F

幻戯《げんき》書房

愛読者カード係　行

書籍ご注文欄

お支払いは、本といっしょに郵便振替用紙を同封致しますので、最寄りの郵便局で本の到着後一週間以内にお支払いくださるようお願い致します。（送料はお客様ご負担となります）※電話番号は必ずご記入ください。

書名	定価　　　円	冊
書名	定価　　　円	冊
お名前	TEL.	
ご住所　〒　　－		

愛読者カード

●お買い上げの書名をご記入下さい。

●お名前	●ご職業	●年齢	男 / 女

●ご住所

〒　　　　　　　　　　TEL

●お買い上げ書店名

区・市・町　　　　　　　　書店

●本書をお買い上げになったきっかけ

1.新聞（書評/広告）　新聞名（　　　　　　　）
2.雑誌（書評/広告）　雑誌名（　　　　　　　）
3.店頭で見て
4.小社の刊行案内
5.その他（　　　　　　　）

●本書について、また今後の出版についてのご意見・ご要望をお書き下さい。

幻戯書房営業部　TEL 03-5283-3934

る。こんなインディアンとの交渉を、過去と現在を巧みに織り交ぜながら描いてゐて、時間の推移とか風景の移り変りが鮮かに捉へられてゐる。自ら一種の文明批評にもなつてゐて、読后、長い歳月が過ぎ去つたのだ、と云ふ実感がある。

「ロンドン空中散歩」

少し前から左の眼の具合が悪くて、眼医者の厄介になつてゐる。目下の所、独眼龍みたいなものだから不便で不可ない。遠近感がはつきりしないから、階段を踏み外しさうになつたりするのも困るが、本を読んで直ぐ疲れるのもたいへん困る。読みたい本とか読み掛けの本が机の上に積んであるが、この山が一向に低くならない。

こんな具合のときだから、『ロンドン空中散歩』と云ふ本を手にしたときは嬉しかつた。これは空中から撮つたロンドンの写真を集めた写真集だから、独眼龍でも眼の心配をせずに気楽にロンドン見物が出来る。

その一枚一枚の写真には短い説明文がついてゐるが、これが簡にして要を得てゐて悪くない。

昔、ロンドンに行つたときは、暇に任せてあちこち歩き廻つて、草臥れるとパブで休んだりしたが、この本を見たら当時のことが鮮かに甦つて懐しかつた。空からの写真と云ふと身近な感じに乏しいのではないかと思つてゐたが、俯瞰図には逆に此方の想像力を刺戟する所があつて、見えない横町や商店が見えて来て、古い歴史を持つ都会の息吹が感じられるから不思議である。

それから、テムズ河がふんだんに取入れられてゐるのもいい。佳い写真がある。この本には近郊のハムプトン・コオトの写真もあるが、昔この宮殿に行つたとき、帰りは船でテムズ河を下つて来た。まだ客の尠い晩春の頃で、誰もゐない甲板の椅子に坐つて移り変る両岸の美しい田園風景を見てゐると、何だか夢の国にゐるやうな気がしたものだが、そんなことも想ひ出した。（ロバート・キャメロン写真、アリステアー・クック文、住川治人訳）

初出および解題

I

井伏さんと云ふ人　『土とふるさとの文学全集1　土俗の魂』月報（家の光協会）　一九七六年一月

井伏さんの将棋　『昭和文学全集16　井伏鱒二』別綴アルバム（角川書店）　一九六二年七月

イボタノキ　早稲田文学　一九五二年九月

ステツキ　随筆（産業経済新聞社）　一九五六年一月

「井伏鱒二作品集」に就て　週刊サンケイ　一九五三年五月十七日

井伏鱒二「点滴」あとがき　『点滴』（要書房）　一九五三年九月

井伏鱒二「漂民宇三郎」　図書新聞　一九五六年五月二十六日

「新潮日本文学17　井伏鱒二集」解説　『新潮日本文学17　井伏鱒二集』（新潮社）　一九七〇年一月

＊一九六〇年代から七〇年代にかけ、各出版社から多くの日本文学全集が刊行された。それらに井伏鱒二作品が収録される度、著者は月報・栞・内容見本・巻末などに随筆・解説を寄稿した。本編のほか主な評伝的解説として以下のものがある。

「井伏鱒二・人と作品」『少年少女日本の文学11　くるみが丘　井伏鱒二』（あかね書房）　一九六七年一月

「作家と作品——井伏鱒二」『日本文学全集41　井伏鱒二集』（集英社）　一九六七年五月（『清

水町先生』所収）
「評伝的解説」『現代日本の文学21　井伏鱒二集』（学習研究社）　一九七〇年九月

五十五年　群像（講談社）　一九九三年九月
＊井伏鱒二追悼特集の一篇。井伏は一九九三年七月十日、死去。

東北の旅　芸術新潮　一九九四年三月

II

「晩年」の作者　文学行動　一九四八年七月
＊太宰治追悼特集の一篇。

友情について　ニューエイジ　一九五五年五月

三浦哲郎君のこと　新潮　一九六一年三月
＊三浦哲郎の芥川賞受賞に際しての一篇。

電話　風景　一九六二年十一月

往復書簡　すばる　一九七九年八月
＊リレーコラム欄「往復書簡」に掲載。文中の『小沼丹作品集』全五巻は小沢書店より一九七九～八〇年に刊行。その各巻の月報に三浦哲郎は著者にまつわる随筆「素顔・横顔」を連載した。

III

オルダス・ハツクスリイ　文学者　一九五一年五月

スチヴンスン　図書新聞　一九五三年十一月七日
＊著者の翻訳によるR・L・スチヴンスン『旅は驢馬をつれて』（家城書房、一九五〇）がある。

スチヴンスンの欧州脱出　文藝　一九五六年六月

庄野潤三　文藝　一九五五年十二月
＊「百人百説　現代作家讀本　１９５５年の横顔」と題する作家紹介特集の一篇。庄野潤三の項を著者が、また著者の項を庄野潤三が担当している。

不意打の名人　文芸首都　一九五六年八月
＊谷崎精二にまつわる回想は、短篇「竹の会」（一九七二。『藁屋根』所収）にも詳しく書かれている。

中村真一郎論　文藝　一九五六年十一月
＊作家による作家論特集の一篇。

地図　日本探偵作家クラブ会報　一九五九年六月

火野さん　文学者　一九六〇年四月
＊火野葦平追悼特集の一篇。

祝賀会　温泉　一九五九年十月

Ⅳ

文学への意志　早稲田文学　一九四四年九月

文学は変らない　早稲田学報　一九五八年一月

「ロシア伝説集」　週刊読書人　一九六二年七月三十日
＊リレーコラム欄「忘れ得ぬ断章」に掲載。

返還式　毎日新聞夕刊　一九六六年二月一日
＊リレーコラム欄「茶の間」に掲載

一冊の本　三田文学　一九六七年四月

自慢にならぬ寡作　読売新聞　一九七〇年二月四日

＊『懐中時計』で第二十一回読売文学賞小説賞を受賞した際の一篇（耕治人『一條の光』との同時受賞）。

ある作家志望の学生　労働文化　一九七三年三月

「千曲川二里」　週刊言論　一九七一年十月二十二日

あのころ　螢雪時代　一九七〇年八月

＊「随筆・かけだしのころ」欄に掲載。題名は著者の覚え帖によるもので、掲載時の見出しは「文学の仲間と同人雑誌出す」。

「バルセロナの書盗」　新評　一九七四年五月臨時増刊

＊短篇「バルセロナの書盗」は一九四七年執筆、四九年発表。『村のエトランジエ』所収。

V

将棋漫語　将棋世界　一九五五年一月

カラス天狗　将棋世界　一九五五年八月

将棋敵　公研　一九七一年十月

詰将棋の本　将棋世界　一九七三年十月

白と黒　新評　一九七一年五月

囲碁漫語　榊山潤編『囲碁随筆　碁がたき』（南北社）　一九六〇年十二月

VI

文芸時評

同人雑誌作品評　早稲田文学　一九四三年六月
文芸時評　早稲田文学　一九四五年二月
文芸時評　早稲田文学　一九四六年十二月
文芸時評　早稲田文学　一九四七年二月
同人雑誌評　文学者　一九五一年十一月
同人雑誌評　早稲田文学　一九五二年四月
同人雑誌評　早稲田文学　一九五二年五月
同人雑誌評　早稲田文学　一九五二年六月・七月

書　評

尾崎一雄「ぼうふら横町」　サンデー毎日　一九五三年五月二十四日
小山清「小さな町」　サンデー毎日　一九五四年五月二十三日
庄野潤三「ザボンの花」　知性　一九五六年九月
外村繁「筏」　群像　一九五六年八月
T・S・エリオット「古今評論集」　週刊読書人　一九五八年六月二十三日
田岡典夫「ポケットに手を突っこんで」　週刊読書人　一九五八年九月十五日
飯沢匡「帽子と鉢巻」、梅崎春生「逆転息子」、獅子文六「ドイツの執念」　週刊読書人　一九五八年十月二十七日
河盛好蔵「随筆集　明るい風」　週刊読書人　一九五八年十二月八日
五冊の推理小説　週刊読書人　一九五九年九月二十八日
三浦朱門「セルロイドの塔」　週刊読書人　一九六〇年二月二十九日
北杜夫「どくとるマンボウ航海記」　図書新聞　一九六〇年四月二日
阿川弘之「青葉の翳り」、三島由紀夫「スタア」　週刊読書人　一九六一年三月二十七日
「谷崎精二選集」　週刊読書人　一九六一年二月十

三日
藤枝静男「凶徒津田三蔵」図書新聞　一九六一年六月三日
石坂洋次郎「あいつと私」週刊読書人　一九六一年六月十九日
戸川幸夫「野生の友だち」「愛犬放浪記」週刊読書人　一九六一年九月四日
水上勉「蜘蛛の村にて」週刊読書人　一九六一年十二月十一日
獅子文六「箱根山」図書新聞　一九六二年三月十日
梅崎春生「てんしるちしる」週刊読書人　一九六三年一月七日
山本周五郎「季節のない街」週刊読書人　一九六三年二月十一日
安岡章太郎「質屋の女房」週刊読書人　一九六三年四月二十二日
佐々木邦「人生エンマ帳」週刊読書人　一九六三年十二月九日
「少年少女新世界文学全集6　イギリス現代編1」週刊読書人　一九六四年十一月二日
伊藤桂一「溯り鮒」週刊読書人　一九六五年二月一日
大竹新助「武蔵野　文学風土記」週刊読書人　一九六五年七月五日
伊馬春部「桜桃の記」週刊読書人　一九六七年十二月十一日
網野菊「心の歳月」週刊読書人　一九七二年二月二十一日
永井龍男「コチャバンバ行き」今週の日本　一九七三年二月四日
三浦朱門「武蔵野インディアン」新潮　一九八二年十月
「ロンドン空中散歩」週刊読売　一九八九年十二月十七日

（幻戯書房編集部）

巻末エッセイ

《小沼丹生誕百年祭》で

竹岡準之助

ＪＲの高齢者優待制度の〈ジパング倶楽部〉から年度会費更新の振替伝票が送られてきて、冷蔵庫の扉に張り付けておいたのだが、それがいつのまにかなくなったので、こういう場合にはどうしたらよいものか、〈ジパング倶楽部〉の手帖の奥付にある事務局へ電話してみた。いつか、同じような事態にあって――期限切れになって――上野にある同事務局へいって更新した記憶がある。それで今回も同じ事態に至ったがと電話して問い合わせてみたら、住所、氏名、電話番号を訊かれ、振替伝票を再送付してくれることがわかって、ホッとした。

内心では、もう今年は旧制中学の同期会に一回、京都へ行く程度だから、三割引きになる〈ジパング〉の会費を払わなくてよいか――一回利用でも割安になるのはたしかだが――と思っていたふしもある。

だが、よくよく考えてみると、今年は恒例の京三中の会のほか、吉田純一さん主催の《小沼丹生誕百年祭》が龍野であることに思い至り、これは振替伝票を再送付してもらって更新しなければなるまい、と思った。

熱烈な小沼丹の愛読者で播州・龍野にお住まいの吉田さんが《小沼丹生誕百年祭》にむけて着々準備を進めていることは、何年か前からの便りで知っている。開催されたらぜひ行きたいと思っている。となれば、〈ジパング〉の更新は欠かせない。

そんなことを深夜、ふと思っているうちに、武蔵野・関前の小沼さん宅へ三浦と伺ったとき——私はいつも三浦に連れられて伺うばかりだったが——のことに想いはつながっていった。小沼さんのことは、三浦がまとめて書いているのでそれ以上のことは書けないが、私なりに想い起こしてみると——お宅はたしか都営住宅だとうかがっていたが、ご自宅内はそういった出来合いの造りではなく、いかにも小沼流に渋く小意気に改造されていた。都営住宅に庭など付いていないのが通常なのに、特別仕様だったのか、よく手入れされた庭が室内から眺められた。家屋の鉤の手になったところが小沼さんの応接間であり書斎でもあった。小沼さんは英文学者としてのデスクと作家としての机の二つを使い分けられていて、なるほどと感じ入った記憶がある。

そのほかでは、手近なところに小振りの和箪笥が置かれていて、ビールのジョッキやワイン・グラスなどの下に敷く〈コースター〉というのが山ほど収納されているのを見せてくださったことがある。小沼さんは相当な飲み手だったうえ、ロンドンに研修で滞在されたこともあったから、若い頃から貯め込まれたコースターがタンスに溢れ返っていたとしても不思議ではない。

そしてその和箪笥は、小沼さんにとっての〈お宝〉の収蔵庫だったようだ。小沼さんが亡くなられてもはや久しい。あのコースターたちや、その上の段に重畳していた師・井伏鱒二の書などはいまどうなっているのだろう。井伏さんの書はもちろん、コースターも、ご遺族がお持ちになっているかもしれない。《百年祭》にコースターの二、三枚でも並んでいたら楽しい。それだけでも小沼丹の一面が躍如とする。それを借り出すよう吉田さんにすすめてみようか。いや待て、それはご遺族にとってはご迷惑になるかもしれないし……などと思いながら、また深い眠りに落ちた。

（二〇一八・二・十六）

○

——本来ならこの席にいるはずの地元・龍野出身の級友で映画監督だった前田陽一と、やはり級友で作家としては小沼さんのおとうと弟子だった三浦哲郎の二人が、他界してしまっていないのは、寂しく、残念でなりません。小沼さんの教え子として、辛うじて生き残ったお隣りにいる内海宜子と私・竹岡の二人が駆け付けることができて、とりあえずよかった、と思っているところです。

このたび、ここ龍野にお住まいで前田の後輩でもある熱烈な小沼ファンの吉田純一さんが、何年もかけて周到に準備し丹精してこられた《小沼丹生誕百年祭》が開催されるはこびになりました。ご同慶にたえません。小沼文学のファンの一人として、また教え子の一人として、深甚なる敬意と謝意を表したいと思います。

小沼さんのことは、朝八時からの小沼先生の英語の授業に、ねむたい眼をこすってただ一回出席したことをはじめ、晩年に至るまで、三浦があらかた書いていますので、私の出る幕はありません。ただ、多分、私の記憶にしか残っていないエピソードが一つだけあります。なので、そのことについて、少し話をさせていただくことにします。

三浦が繰り返し書いておりますように、私たちが小沼さんと最初に出会ったのは、先生が贔屓にしていらした新宿の居酒屋〈樽平〉へ、早慶戦の夜、押しかけていったときです。二階の座敷で同人雑誌時代からの親友でもあり盟友でもあった吉岡達夫さん――通称「タップ」さん――とご一緒でした。先生は当時、助教授でおられましたが、同時に『村のエトランジェ』でデビューされた新進気鋭の作家でもありました。

何回目かに〈樽平〉へ押しかけていったときは、同じ月の文芸誌に新作を三本も発表されるという勢いで、意気軒昂、いい気分でお飲みになっていたと思います。相棒の吉岡さんはすでに出来上がっていて、窓辺で酔いをさましておられました。

席を立たれた小沼さんが、

「きょうは、君たちにおごってやるかな」

と、にっこりされました。先生には大学からの給料が入るうえに、文芸誌その他に書かれた作品の稿料も手にされていた頃でした。先生の懐があったかいことを察知した私たちは、欣喜して先生のお供をしました。

先生が連れていってくださったところは、たしか〈プロイセン〉という新宿では最高級のクラブでした。

「あら、先生、お久しぶりです」

何人かのホステスが、先生を出迎えました。

私たちは、いちばん奥の席に、先生を中心に陣取りました。

すると、先生の傍にいた一人のホステスが、「この方――」と私を見て、「吉行さんに似てらっしゃいますね」といった。吉行淳之介は、芥川賞を受賞したばかりのやはり新進作家でした。

小沼さんは、それを聞いて、一拍おいてから、こういわれた。

「君ィ、そういうけどね。こっちのほうがいいよ」

小沼さん自身の作品も、何度か芥川賞の候補に上がっていました。当時、〈第三の新人〉

同士、鎬を削っておられた吉行へのライバル意識がおありになってのことだったろうと思います。ですが、いわれた当人は、たまったものではありません。穴があったら入りたいぐらい狼狽しました。そして、僭越にも思いました。タケオカという学生は、小説は書けない男だが、どこか見どころがある、と目をつけてくださっていたのだ——と。そう思って大へん恐縮した覚えがあります。

もうとっくに賞味期限の切れた老人のたわごとと、お聞き流しください。以上です。

（二〇一八・九・一四）

［追記］《小沼丹生誕百年祭》は、九月九日から十五日まで、たつの市龍野町日山の〈九濃文庫〉でひらかれた。事前に届いた案内状によると、「店主」が吉田氏とあった。吉田氏は希代の読書家であり蔵書家であるとともに、パステル画をよくする趣味人でもある。ときどき、姫路市内の画廊でひらく画展の案内状が届いたりする。お便りのポスト・カードで『ミス・ダニエルズの肖像』の連作シリーズがあることも知った。

前日の十四日に龍野入りするのが遅かったので、開催最終日に《百年祭》を観賞することにした。〈九濃文庫〉は、古風な民家の広い土間に設けられていた。左右両側の壁面を占めた書架には、小沼さんの全著書はもちろん、関連する井伏鱒二、三浦哲郎らの著書も並んでいた。何個か並べられたテーブルの上には、小沼さんの遺影をはじめ沢山の資料が展示されていた。隅っこの方に小著が何冊か置かれていて、恐縮した。吉田さんは、小著に小沼さんのことにふれた部分も少なからずあることを考慮に入れてくださったのだろう。同文庫は、普段は文学サロンのような雰囲気で週二回オープンしているそうだ。〈九濃文庫〉という名には何かいわれがあるのだろうと思って訊くと、「フランスの作家にレーモン・クノーという人がいるのですが、その人の作品が好きで」そう名付けたという。このあたりの洒脱さは小沼丹ゆずりといってもいい。

○

今年の記録的な猛暑はおさまったかにみえますが、なお残暑きびしいきょうこの頃です。大へんご無沙汰しておりますが、お変わりなくお過ごしのことと拝察します。小生、寄る年波には逆らえず、老体と暇を持て余しながら何とか凌いでいるところです。

九月九日の重陽の日から播州・龍野でひらかれ十五日に閉幕した《小沼丹生誕百年祭》を、最終日に見てまいりました。このことは先刻ご承知で、他の方のリポートと重複するかもしれませんが、小生なりのご報告をしておきたいと思い、ペンをとりました。

主宰した吉田純一氏によりますと、この《小沼丹生誕百年祭》の名付け親は小生だといってきて、まず驚きました（その経緯は同封しました資料をご参照ください）。それで少しく責任を感じ、小生にできることがあったら積極的に支援したいと思うようになりました。

一つは、新潟在住の級友が上京してきましたとき、《百年祭》の話になり、先生の写真を持っているといいましたので、そのコピーをぜひ送ってくれとたのんでおきましたところ、後日届きましたので、すぐに吉田氏宛て送っておきました。同氏は大へん喜び、額におさめて飾ると返事がありました。当日、見ましたところ、どうやら巖谷大四氏に先生が進呈されたものとの説明書きがありました。その遺影（多分、複製）がどうして級友の手に渡ったかの経緯については、わかりません。

もう一つは、小社（あすなろ社）が当時、編集・制作しておりました某教団の機関誌へ先生にご執筆をお願いした連載小説「更紗の絵」の掲載誌が一冊、手もとに残っておりましたので、これは余命いくばくもない自分が持っていてもしょうがない、このさい《百年祭》のためにも吉田氏に進呈しようと思い送り届けましたところ、これも大へん喜んでくれ、同祭の展示に「白孔雀のゐるホテル」などの作品が掲載された文芸誌とともに加えてくれていました。「めったに手に入らないもの」といってくれましたが、あるいはそうかもしれません。

実は、同祭には、元『それいゆ』の編集者として先生とのご縁浅からざる級友の内海宜子さんと一緒に（といっても別行動でしたが）駆けつけました。吉田氏は、遠路駆けつけたわれわれを龍野一の料亭に招き、歓待してくれました。

そのときの話題の一つに『馬画帖』が出ました。龍野へ向かいがてら、展示に同書が出ているかどうか、気掛かりになっていました。といいますのは、先年、ネット上のオークションに『馬画帖』が出たのだが、間一髪の差で入手しぞこなったという便りをもらったことがあるからです。吉田氏のことだから何らかの機会に入手しているだろうと思いつつ、もし同書が展示から抜け落ちているとすれば画竜点睛を欠くことになるやもしれない——と危惧してもいました。小生はご恵贈いただいて秘蔵しておりますが、何ぶん、私家版の希覯本です。おいそれとは手に入らないでしょう。また、おいそれと貸し出せない〈お宝〉でもあります。

結論をいいますと、『馬画帖』は展示されていました。独自のルートでどなたかから借り受けたようですが、その詳細についてはよく知りえません。いずれにしても、吉田氏の熱意というか執念には恐れ入るばかりです。

その席で、先生が最後の最後にお描きになったものが何故馬だったのか、という話になりました。貴女がお書きになった解説の文章では、「父の心に長く長く住んでいた馬達なのかもしれない」とされながらも、そのことについては何も結論づけておられません。

吉田氏は、小沼文学の崇敬者として、先生の生涯に照らし、キリスト生誕にまつわるイメージとして描かれたという説をとなえました。同氏が《百年祭》にあたって諸氏からの寄稿をもとに編んだ文集のなかに、阪田寛夫氏の遺稿を引用している人がいて、阪田氏のその作品には、「……かつて小屋の中で誕生した幼な子を見守った筈の短い足の馬たちでした／その優しく和らいだ瞳の絵でした……」の一節がみえました。小生にも、異論はありません。

小生がもう一つ付け加えたいのは、馬のすがたもさることながら、ご著作と同様、先生の〈人間を見る眼〉が、それらの絵にも感じられることです。馬喰風の男、馬市に群がる男ども、馬主、調教師、騎手、風体からは何者とも判断しかねる男たちの群像がそこにあります。

そして改めて拝見して驚いたのは、そこに「2R」の文字が見えることでした。「2R」とは「2レース」のことと思われます。先生は、ひょっとしたら競馬をどこかでご覧になっていて、その残像があってのことかもしれない、と妄想するに至りました。そして、先生が競馬をご覧になったのは、研修でしばらくイギリスに滞在されていたときではあるまいか、などと。

小生は、妻を亡くしてからの暇つぶしに約二十年来、土・日は競馬をやって過ごすならわしになっています。だからこその〈発見〉だったかもしれません。誤解を招くようでしたら、何卒、ご容赦ください。

《百年祭》に関する資料を同封しました。

では、これにて失礼します。

（二〇一八・九・一八）

（『深夜TIMES』Ⅱ・Ⅲより転載）

小沼丹（おぬま・たん）一九一八年、東京生まれ。一九四二年、早稲田大学を繰り上げ卒業。井伏鱒二に師事。高校教員を経て、一九五八年より早稲田大学英文科教授。一九七〇年、『懐中時計』で読売文学賞、一九七五年、『椋鳥日記』で平林たい子文学賞を受賞。一九八九年、日本芸術院会員。他の著作として短篇集に『白孔雀のいるホテル』、『風光る丘』、『不思議なソオダ水』などが、また著作集に『小沼丹作品集』（全五巻）、『小沼丹全集』（全四巻＋補巻）、『小沼丹未刊行少年少女小説集』（全二冊・小社刊）がある。一九九六年、肺炎により死去。海外文学の素養と私小説の伝統を兼ね備えた、洒脱でユーモラスな筆致が没後も読者を獲得し続けている。

銀河叢書

井伏さんの将棋

二〇一八年十二月九日　第一刷発行

著　者　小沼　丹

発行者　田尻　勉

発行所　幻戯書房
郵便番号一〇一―〇〇五二
東京都千代田区神田小川町三―十二
岩崎ビル二階
ＴＥＬ　〇三（五二八三）三九三四
ＦＡＸ　〇三（五二八三）三九三五
ＵＲＬ　http://www.genki-shobou.co.jp/

印刷・製本　精興社

ISBN978-4-86488-158-6　C0395

✿「銀河叢書」刊行にあたって

敗戦から七十年が過ぎ、その時を身に沁みて知る人びとは減じ、日々生み出される膨大な言葉も、すぐに消費されています。人も言葉も、忘れ去られるスピードが加速するなか、歴史に対して素直に向き合う姿勢が、疎かにされています。そこにあるのは、より近く、より速くという他者への不寛容で、遠くから確かめるゆとりも、想像するやさしさも削がれています。

長いものに巻かれていれば、思考を停止させていても、居心地はいいことでしょう。

しかし、その傍さを見抜き、伝えようとする者は、居場所を追われることになりかねません。

自由とは、他者との関係において現実のものとなります。

いろいろな個人の、さまざまな生のあり方を、社会へひろげてゆきたい。読者が素直になれる、そんな言葉を、ささやかながら後世へ継いでゆきたい。

星が光年を超えて地上を照らすように、時を経たいまだからこそ輝く言葉たち。そんな叡智の数々と未来の読者が出会い、見たこともない「星座」を描く――

銀河叢書は、これまで埋もれていた、文学的想像力を刺激する作品を精選、紹介してゆきます。

初書籍化となる作品、また新しい切り口による編集や、過去と現在をつなぐ媒介としての復刊を手がけ、愛蔵したくなる造本で刊行してゆきます。

既刊（各税別）